文学キョーダイ!!

奈倉有里
逢坂冬馬

文藝春秋

目次

はじめに　逢坂冬馬 ── 6

PART 1 「出世しなさい」がない家 family ── 9

「さかなクン」になればいいんだ／天沢聖司と月島雫の姉弟？／古本屋をめぐって本を探しまくる姉／家から出ない弟／語学大好き人間の母、家じゅうの物に外国語を書く／ネコと呼んでいた猫と、出て行ったウサギ／新潟のおじいちゃんとトルストイ──平和主義の農業者／外国語をやるなら現地で好きなだけやったほうがいい／学者になりたかったけど／君は永遠に若いわけじゃないだろう？／編集者より厳しい姉のダメ出し／女らしさ、男らしさを考えないでいられる環境／男子なのに『りぼん』なんか読んでるの？／いい作品にも変なところはある／周りに合わせると、一時的には楽だけど／その子のことが好きだから一緒にいる／ゲーテが言ってるんならいいんじゃない？／ちっちゃいときから大塩平八郎の影響を受けてきた／面白いなと思っていることすら忘れてしまう本／角田光代作品のすごさ

PART 2 作家という仕事

literature

デビュー作の初版が、「さ、さんまんぶ!?」／『同志少女』の作者は女性？／大ホモソーシャル大会をやってきた戦争小説／周回遅れになってしまうのが怖い／小説は自分の深いところに降りていくもの／ロシア語を使った仕事をしたくても……／どんなときでも安心して思いっきり勉強していいんだよ／姉は朝型、弟は夜型／作家の経済問題／将来どうなるかわからないほうが好き／直木賞と本屋大賞の違い／個人的なものと社会的なものを切り離さずに考え続ける／大学は、知的に独立した人間を育てる場である／文学は、非常に雑多なものの総称です／めざせ書籍化？／人間がSNSでバズる言葉を出力する機械に？／本を読める人生って簡単じゃないかもしれない／あらゆる職業において、プロで生きていくのは厳しい／生活に追われると本が読めなくなる／なんでなにかのためじゃなきゃいけないの？／小説はNetflixに対抗できるか？　あるいはすべきなのか？／人間が文字を手にしてから、滅びることなく続いてきた小説というもの

PART 3
私と誰かが生きている、この世界について
world
173
「戦争について書かれた本を体験した人」も一種の戦争体験者／自分ではない誰かについて／人間が武器と戦うのが戦争／本はどこかで平和とつながっている／良心的兵役拒否をしたのに奇跡的に生き延びた、北御門二郎／「仮面ライダー」のショッカーが語ったことは……／プーチンを支持するゲイのパレード？／独裁者をキャラクターとして消費する／古代ローマの「パンとサーカス」が現代でも起きている／戦争は避けがたいもの、ではない／自分のしていることは、なんにつながるのか／デモにはもっと気軽に参加していい／小説も書くし、社会運動もやる／無力感にさいなまれることもよく分かる、その先は／清太と節子は、周りに感謝していれば死ななかったのか／用意された回答で満足なんかしていられない
おわりに　奈倉有里　248

装画　原倫子

装丁　野中深雪

文学キョーダイ!!

はじめに

逢坂冬馬

Toma Aisaka

本文中にも登場する、小学生低学年時の僕の愛読書、『少年少女日本の歴史』（小学館）の十五巻に、当時の僕が大好きだった場面があります。

幕命を受け北方探索をする、幕末の探検家、間宮林蔵が、上司にあたる松田伝十郎と樺太に行く場面です。彼らの使命は、樺太が果たして島なのか、半島なのかを探ること。樺太の南端で、松田伝十郎は間宮林蔵にこう言って別れます。

「わたしは西、そなたは東を行くのだ。もし、カラフトが島ならば、どこかで会えるはずだ」

なんという明快な論理。そして壮大な発想でしょうか。もし半島だったら永遠の離別であるかも知れないのです。

そして我々姉弟の歩みも、大体こんな感じであったかと思うのです。

二〇〇二年に姉、奈倉有里さんは単身ロシアへ渡り、二年後に私は日本で大学に通いはじめ、以降二人はまったく違う生き方をしてきました。帰国後、果たして今なにをしているのか、と気になることはあれど、直接連絡を取り合うということもなく、近況は互いに人づてに聞いていていました。

変化が訪れたのは、二〇二一年になってからでした。姉はロシア留学の時期を主な対象とした初の単著、『夕暮れに夜明けの歌を 文学を探しにロシアに行く』を上梓し、一ヶ月余後、私の小説家としてのデビュー作であり、独ソ戦を素材とした小説、『同志少女よ、敵を撃て』が出版されました。それは、全く異なる生き方、全くことなる探求をしていた両者が思わぬ地点で再会する、不思議な瞬間でした。

別にアピールすることでもあるまいと思っていたため、当初は特に僕らが姉弟である旨は公言していませんでしたが、結構な数の人がこの二作にそれぞれ関心を持ち、その後姉と弟だと知って驚いた、と仰るのを聞いていましたし、ありがたいことにわれわれ姉弟の著作はそれぞれ有名な賞を頂いたり、メディアでご紹介いただくといった機会を得ました。その後は対談等で我々が姉と弟であるということも（たまに）言及するようになったので、「どういう家庭なんだろう」と興味を持たれた方もいるかも知れません。しかし実のところ、我々姉弟自身が、このようにして互いの思い出を語り合ったり、会わないでいた長らくの間それぞれに何を見聞きしていたかについて話し合うようなこともなかったのです。

本書は世界という巨大な島を両岸から航行して観測し、文学岬ロシア港で再会した二隻の船の航海日誌であり、船乗り同士の語り合いでもあります。

「学校」、「小説」、「ロシア」、そしてある地点からは「戦争」……。同じ家庭に生まれ、同じ言葉に注目する姉と弟が、それぞれに異なる視座からそれらを捉えていたと再発見した今回の対談は、我がことながらなかなか興味深いものでしたし、我々姉弟について知りたいとお考えの方も、我々が姉弟であると今知った方にも、あるいは我々姉弟のことを全く知らない方にも、それぞれの視点からお楽しみいただけるかと思います。

一応一点だけ申し上げると、本文中で自著『同志少女よ、敵を撃て』のストーリー展開について触れているので、未読で関心のあるかたはご注意ください。

なお樺太南端で別れたあと、間宮林蔵は非常な荒天のため東からの北上を断念し、西岸で同じく北上を断念した松田伝十郎と合流して第一回の樺太探索は終了してしまいますが、第二回探検で樺太・ユーラシア大陸間の海峡（のちの間宮海峡）を発見し、樺太が島であることを確認しています。

PART
1
「出世しなさい」がない家

family

『夕暮れに夜明けの歌を 文学を探しにロシアに行く』で紫式部文学賞、『アレクサンドル・ブローク 詩学と生涯』でサントリー学芸賞を受賞したロシア文学研究・翻訳者の奈倉有里さん。デビュー作『同志少女よ、敵を撃て』でアガサ・クリスティー賞と本屋大賞を受賞した小説家の逢坂冬馬さん。ふたりは三歳ちがいの姉弟です。ほぼ同時期に才能を開花させた姉弟は、どんな環境で生まれ育ったのでしょうか。まずは家族について語っていただければと思います。（編集部）

逢坂　実は有里先生の著者プロフィールを見てビックリしたんだよ。東京生まれだったんだ、って。

奈倉　「私ってどこ生まれ？」って親に聞いたら「生まれた病院は東京だったけど」って言われて、じゃあ東京でいいかって。父の実家が下北沢なんだよね。何度か引っ越しがあって、私が生まれてちょっとしてから所沢の団地に越して、そこに私が小学校二年生のときまでいて、それから横浜に移るんです。

逢坂　僕は所沢で生まれて、幼稚園の途中で横浜に引っ越した。

奈倉　父親が日本史の先生なので、よく「学者家系だったんですか？」って訊かれることがあるんですよね。実際父の家は学者ばかりだけど、あんまりそういうことを意識しないように育てられた気がする。どういうことかというと、「学者は偉い」とかそういうことじゃなくて、たとえば私は土遊びが好きだったんだけど、土を掘ってるのが楽しそうならずっと掘らせておくとか、そういうのがありがたかった。あと、世間の「偉さ」に左右されないでね、と。たとえば大学の先生なら大学の先生で、教授だから偉いとか、非常勤は偉くないとか、そういう考えかたは恥ずかしいことなんだというような。研究者だったら、どういう研究をしているかということで評価されるべきであって、偉さって肩書で決まることじゃないんだと。そういうのは最近になってあらためて、教えてくれてよかったなと思う。

逢坂　そうだね。そもそも「あなせえ、こうせえ」というようなタイプの人たちではぜんぜんなくて。父の兄姉は、この間聞いてみたら、姉が女子中高の先生で、あと二人いる兄貴がどっちも大学の先生だと。なんだけど、父がどういう家庭環境だったかというところまではよく知らないですけど、僕ら姉弟に対しての両親の場合は、要は好きなことを突き詰めろという姿勢なんです。決めた道なら応援するよという感じで。「これをしろ」とは言わない。でも、好きなことを突き詰めていったら、その先にたぶん面白いことがあるだろうから、そこまで行く道のりはなんであれ応援するよ、という感じ。

奈倉　ゆっくり見守ってくれるというね。

逢坂　長期的なところでね。

奈倉　そうそう。すぐに見つからなくてもいい。三十歳くらいまで好きなことを探していていいよという。でもそのとき「三十で心に決めた道ができているためには、逆算すると決してのんびりした話じゃないな」とも思った。見つけて、進んでいかなきゃいけないんだから。親も内心けっこうひやひやしてたんじゃないかな。

逢坂　だって、結果だけ見ればなにか特別な姉弟かつ家族に見えるかもしれないけど、絶対全員紆余曲折ありまくり。

奈倉　悩んだり、もうだめかもしれないと思ったり。

逢坂　そう。難関高校から難関大学に行って華々しい経歴を築いてくるとかじゃなかったことだけは共通しているんです。

奈倉　やっぱり**「出世しなさい」みたいなのがなかったん**だよね。「好きなことを見つけなさい」っていう。

逢坂　それはそれで結構大変だというのも子供心に考えていて。贅沢な悩みですけど、**理解ありすぎるぞ**、っていう。

奈倉　確かに。根本的に考えなきゃいけないから。好きかどうかとか、やれるかどうかかって、自分で全部。でも、いま考えてみるとそれがよかった。

逢坂　いまにして思うよね。僕については、小学校のころに『**少年少女日本の歴史**』とかを読むのが大好きだったので、低学年のときはのめり込むようにして読んでたんです。

奈倉　好きだったたね。

逢坂　他はなにも読まないっていうぐらい。
奈倉　ナレーションも含めて一言一句、全部覚えてたよね。
逢坂　当時はね。もうだいぶ忘れた。母に聞いたところによると、僕が小一になるかならないかぐらいのときに、質問してきたんだって。「水野忠邦はどうして株仲間を解散させたの?」って。それを聞いた瞬間に、「この子は手に負えねえ」と思ったらしい。これはもう自分が教育するとかそういうレベルじゃないと。なんかちょっとおかしいわ、という。でもそれを「普通」にさせようとかはまったく思わない。『**さかなのこ**』というさかなクンを素材にした映画を観てすごく面白かったんだけど、なんとなくあのお母さんのスタンスが自分の家庭に似ているような気がした。

「さかなクン」になればいいんだ

奈倉　私がロシアに行ったばっかりぐらいのとき、ちょうど**さかなクン**が出始めたころだったんだよね。母が国際電話で「最近こういうさかなクンっていう人がいて」って教えてくれて。ちょっと変わったキャラクターだし、最初は学術界にもそんなに相手にされなかったんだけど、あまりにも知識がすごすぎて、だんだん学者も認めるようになってきたって。「あなたもロシア文学界のさかなクンになればいい」って。
逢坂　さかなクンはいまや東京海洋大学の名誉博士で客員教授だけど、高校を出たときは東京水産大に入れなかったそうだし、学術界のエリートではない。在野の魚大好きとしてひたすら知識をため込み、飼育もして、将来なんになるという保証もなく突き進んだ結果、中学生でカブトガニの人工孵化に成功したりしてたんだよね。バイトしながら暮らしているときに『TVチャンピオン』の魚通選手権に出場したら、五回連続優勝して殿堂入りしてしまったという。

奈倉　私も高校を卒業しただけだったので「なんの肩書も所属もない状態でロシアにいるのは不安じゃないか」って向こうで知り合った日本の人に聞かれたこともあるけど、そういうときに「いや、**さかなクンになればいいんだ**」と思えた。でも、これはなにも特別なことじゃなく、**自分で決めた分野の夢がある人にとってはごく普通のこと**のはずなんです。絵画や音楽をやっている人が、作品そのものや専門分野の技術じゃなく所属で偉さを判断するようになったら終わりなのと同じで、学問だって本来はそう。さかなクンの喩えはそういう主旨だと思う。

逢坂　さかなクンも**好きなことを突き詰める人生を送れることがよかったん**であって、「海洋大の客員教授になれてよかったね」って話ではないからね。あの映画はいろんな人間のキャラクターの描きかたが、とにかくよかったんですよ。不良だけどやたら正しいこと言ってる友達の番長とか、あとさかなクン本人がすごい役柄で出てたりとか。

奈倉　映画はまだ観てないな。

逢坂　ほんとによかった。それでその中に出てくるお母さんの役どころが何ともいいんです。学校の先生に「魚のこと以外が頭にないなんておかしい」って言われても「みんながみんな言うこと聞いてたらロボットになっちゃいますよ」って平然と言い返して本当に温かく見守ってくれる感じがうちに似てるとも思った。

奈倉　父親の生きかたとかもね。父は大学の専任教員になったのは遅くて、私が子供のころは高校も含めて非常勤をいくつもかけもちしてたんだけど、やっぱり研究してるときはすごく楽しそうなのが伝わってきた。暇さえあればずっと本を読んだり、調査に行ったりしてる。ウキウキしてるとかじゃないんだけど、本当にのめり込んでいて熱中しているというか。

逢坂　そうそう。子供のころでよく覚えているのは、写真を撮っている姿。いまみたいにデジカメとか iPhone とかで簡単にきれいな写真を撮れる環境はないですから、まず三脚をセットして、下に向けて撮れる状態にして、フラッシュ替わりに大きな電球を脚に固定して、家で試し撮りもしてから出発する。三脚立ててガチャガチャ準備してるときとか、すごく楽しそうで。

奈倉　楽しそうだよね。

逢坂　ごっつい機材を抱えて。試し撮りついでに僕らの写真も撮ってくれた。

奈倉　あと、私は覚えているんだけど、もっと昔は壁やふすまにそれを映してたんだよね。

だんだん資料調査も技術が進んでいったんだけど、本当に私がちいさいときは、撮ってきた写真をポジフィルムにするんです。そしてガシャンと機械にセットして、壁に映して。そうすると拡大して映せるから。きれいな風景が映るわけでもなく、子供には到底読めない古文書が壁に映るんだけど、なんか楽しくて。あれ、父に聞いたら「幻灯機」っていう古風な呼びかたで言われたんですけど、いまの言葉でいうとスライド映写機ですね。

逢坂　ああ、なんかあった。

奈倉　たぶんこの三年の差で少し記憶に差があるね。スライド映写機は私が七、八歳のころまで使っていて、主に新潟の史料調査に使っていたって。

逢坂　でも、壁に投影してやってたのは見てた。好きだった『少年少女日本の歴史』の大正時代・昭和初期の巻に幻灯機が出てくる場面があって。西洋ナイズされたサラリーマンの家に庶民が行ったら幻灯機があって、写真をバッと壁に映し出せるので「わあ、すごい」と驚くという。うちにあるのと似てるなと思って見ていた気が。

奈倉　うちは、それがまだ現役だった。

逢坂　放任主義も両親がそれを公言しているというよりは、そういうものだというのがなんとなく分かるんです。

奈倉　頭で決めた方針ていうより、生きざまというか。

逢坂　僕は埼玉の結構のんびりした幼稚園で育ったんだけど、横浜に来てから家に一番近いので入ったところがすごく管理主義的なところで。

奈倉　管理主義的な幼稚園（笑）。**脱走したよね。**

逢坂　昼休みに隙を突いて首尾良く逃げ出したはいいけど、近所の主婦さんに捕まった。それで家で両親に「どういうところが嫌なの？」と聞かれたときに、朝から朝礼みたいなのがあって、「一つ、何とかはしません。一つ、何とかはしません」みたいな約束の唱和みたいなのから始まるという話をした。「こんなところにいたら自分は駄目になる」と言ったら、**両親は「それはもっともだ」というふうに受け止めてくれて。**で、もくば幼稚園（八景学院木馬幼稚舎）というどこから見つけてきたのか分からないすごいカオスな幼稚園に移って。もくば幼稚園では、毎日泥まみれになって裏山に登ったりしてた。山から落ちた記憶もある。みんな「先生」って付けないで、名字呼び捨てで、「野上ー！」とか。

奈倉　ああ、言ってたね。野上いたね（笑）。

逢坂　工具を使って縄文土器を作ってみたりとか。その作りかたの資料は僕が自分の家から持ってった記憶がある。

奈倉　面白い幼稚園だったよね。

逢坂　僕にはなんか向いてた。そういう出来事から、両親ともに管理教育みたいなものに対しては決していい感情を持っていないんだろうなというのはわかった。

天沢聖司と月島雫の姉弟？

奈倉　私は所沢の団地のことも覚えてるんだけど。住所は所沢市緑町3の33の164の5だった。幼稚園のころに迷子になったらいけないからって一生懸命覚えたんだ。あそこ、行ったことある？

逢坂　ない。

奈倉　何年か前に行ってみたんだけど、あの辺の団地が全部なくなっちゃって、新興住宅地になってた。あのころは緑町そのものが団地でできてたから、全部なくなるとぜんぜん見分けがつかなくて。すごいきれいな新しい一戸建てが並んでるんだけど、どこに自分の家があったのかぜんぜん分からないんだよ。番地とかも全部変わっちゃってる。

逢坂　所沢市緑町？

奈倉　うん。あのころ住んでたのが所沢っていうのもあって、『**となりのトトロ**』が好きだったよね。**所沢ってトトロ沢**なんだって思うと嬉しかった。ちょうどリアルタイムで公開されたあと、公民館みたいなところでの上映があって、そこに連れていってもらった記憶がある。

逢坂　ああ。あのトトロが僕にとっての人生初の映画鑑賞体験だよ。楽しすぎて飛び上がったら自分の影がスクリーンに映ったのを覚えてる。

奈倉　そのころ「有里ちゃんちのお父さん、トトロに出てくるお父さんに似てる」ってよく言われた。団地だから家そのものは似てないけど、みんななんとなくトトロっぽいっていう。大きくなってても「ジブリ映画に出てきそう」ってずっと言われ続けたし。

逢坂　うちについて語ろうとすると、スタジオジブリの作品は避けて通れないんですよ。それは、単純に僕らがジブリが好きだった……いまも好きだけど。僕も大好き。で、父も結局巻き添えで観てたけど、あれは気に入ってるんじゃないのかな。あの人は映画を観られない人なんだけど。頭痛くなるらしくて。

奈倉　私もそうだよ。わりといまでも。

逢坂　ああ、そう。僕は観まくるけど。なにかというとジブリのことは……でも、ジブリぐらいしか共通して観た記憶のある映画とかはないから。

奈倉　ないね。

逢坂　特にうちがジブリっぽいと言われるのは、『**となりのトトロ**』と、もっと似ていると思ったのは『**耳をすませば**』の月島雫の家。一言で言えば幼少期の我が家は「**団地のインテリ」という感じ**だったわけです。

奈倉　お金がなくて、ずっと勉強してる。

逢坂　そう。慎ましくくらして勉強ばかりしてるんだけど、特にそれは苦労しているわけでもなく。

奈倉　好きでやってる。

逢坂　子供が迷走してるというふうに普通だったら思われそうなところも、わりと温かく見守ってくれる環境にあるし。

奈倉　雫じゃん。

逢坂　そうなんだよ。問題は、月島雫よりも悩むタイミングが遅かったから。大学出てからなかなか定職に就けなかったりとかね。話は変わるけど、この間、『カントリー・ロード』も久々に聴いてみようかなと思って、『耳をすませば』を久々に通して観たんですけど、あれは本当によくできてますね。映画としていくつもいいところがあるというだけじゃなくて、月島雫の造形は、あれはやっぱり作家になってから大成するタイプの造形になっているんです。原作はすごい短く終わっちゃったからそこまで描けてないんだけど、月島雫が小説を書き始めるきっかけとして、天沢聖司というバイオリンを作ってる彼に対するあこがれはあるんだけど、そこはそんなに重要じゃなく、いままで小説を読むのが好きで、でも、徐々に読むことだけだともの足りなくなって、素直に読めなくなってきた、その適切な時期に聖司君の夢を追う姿勢と「(雫は）詩の才能あるよ」という言葉に触発されて「そうだ、書いてみよう」という気持ちになれる。そして書いてみると、当時は手書きしかないからバリバリ手書きで書いていくわけだけれども、書いているときに勉強とか他のこととかを忘れてそれに没頭できる。その没頭できる様子とかも**宮﨑駿**さんの脚本と

近藤喜文監督の描写力ですごくうまい。僕もよくなるけど、文字通り「寝食を忘れる」。だからお腹もすかなくなる。そしてやっぱり最後ですよね。できあがった作品を、これは未熟だというのは分かっているんだけど、最後まで書く。そして「できたら最初の読者にする」と約束していた聖司くんのおじいさんに見せに行ける。これができる人というのは大体大丈夫なんですよ。これが続けられる人は。なんでかというと、**根本的に書くことが好きだし、失敗を過度に恐れてない**から。書くことが好きで、失敗したと思っても最後まで書ききれる、そして人に見せられる人というのは、まあ大丈夫なんだろうなと。

奈倉　私はいま観ると、天沢聖司って好きなものがあるというだけの理由でいきなり留学を決めたりしちゃうし、じゃあ**私は天沢聖司かもしれない**、と。

逢坂　一家の中に天沢聖司と月島雫がいるような。姉弟だと映画にはならないでしょうけど（笑）。ただ、有里先生がロシアに行くまでの紆余曲折は、弟という立場で見ていると、なんとも言い難い思いがあるんですよね。常に一緒にいるけど、親みたいに見守っているという立場じゃないから、「はたして今後どうなるのかしら」ってたぶんお互いに心配してはいたと思う。

奈倉　そうかもね。

古本屋をめぐって本を探しまくる姉

逢坂　生まれたときからロシア文学に傾倒していたわけじゃないし、いろんな試行錯誤の過程は見えていくわけですよ。ロシアに行ったときにどう思ったかというと、「もうこのかたは自分の人生の生きる道を見つけたのね」という感慨はありました。それはほんとだよ。

奈倉　それはどうもありがとうございます。

逢坂　ある種の覚悟を決めた瞬間というか、人生の何かを追求し始めた瞬間というか。

奈倉　確かに高校生のころにロシア語をやり始めてからは迷わなかった。でも当時の主観としてはぜんぜん早くなくて、「遅れまくった」と思ってた。周りは進路や夢を見つけてそこに向かっているのに、自分はようやく好きなものを見つけてアルファベットを覚えているだけだし、その先どうしたらいいのかもわからなかったし。でも、見つけた感はあったよね。ロシア文学関連の本とか、日本にいるときは大きい本屋さんとか古本屋とか見境なく探しまくってた。

逢坂　そうそう。

奈倉　古本屋をめぐって。そこに迷いはもはやなかったもんね。

逢坂　だから、うらやましいかどうかの問題で言うならば、僕はロシアどころか自分の家から出るのもめんどくさがるタイプだったから、ロシアまで自分が行きたいとか思わなか

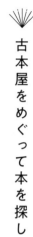

ったわけで。ただ、やっぱりそういうふうにして自分の生きる道みたいなものを見つけた姿のすがすがしさみたいなものはあったから、そういう意味では確かにうらやましいというか、すごいなとは思ってました。たぶんこの道で……どういうふうなことになっていくのかはちょっと想像がつかなかったんですけど。通訳なのか翻訳なのか学者なのかも分からなかったんですけど。

奈倉　それは私もわからなかった。

逢坂　結果、全部乗せみたいになってるけど。

家から出ない弟

奈倉　逢坂さんは確かに家から出ないタイプだったね。

逢坂　いまもってそうだからね。埼玉の小さな家を出る気がしない。部屋には本棚がどんどん増えていって、床まで満タンだからどうしようかって。

奈倉　最初、歴史にはまっていて、そのあとは映画にのめり込んでたじゃん。ひとつはまるとすごい。映画とか観はじめてからも、観る量がすごいなと思ってた。

逢坂　そうだったかな。これはほうぼうで言ってるんですけど、僕が子供のころは、週末木曜から日曜日まで必ず民放のどこかで映画をやっていたんです。

奈倉　いまはやってないの？

逢坂　いまはもう金曜ロードショーしか枠がないし、その金曜ロードショーもせいぜい去年の大ヒット映画とジブリぐらいしかやってくれない。ごく最近、幅を再度広げようとして八〇年代の映画とかもやるようになったけど。

奈倉　そうなんだ。うち、テレビがないから。

逢坂　それに代わってAmazonプライムビデオとかNetflixとかの配信がどんどん強くなっていってるから。その間で一世を風靡したTSUTAYAでさえ、映画レンタルについてはもう風前の灯火という感じですね。確かにサブスクでたくさん見られてお手軽便利ではあるんだけど、あの当時のって、選ぶ間もなく向こうからやってくるんです。古典的な名画の次に超B級映画が来たりするっていう。あの環境はすごくよかったし、やっぱり面白かった。自分の**好みとは関係なく映画がやってくるから、思いもかけず面白い映画に出会ったり**。その中に、『**招かれざる客**』とか、民放じゃなかったかも知れないけど『**戦艦ポチョムキン**』とかも確かあったと思う。当然、反対に「なにこれ」とか、「ひどい映画を見た」という気持ちになったものもあったけど。

奈倉　私は映像系はいまだにあんまり得意じゃないんです。映画館に行けない。音が大きすぎて。

逢坂　父とまったく同じことを言ってる（笑）。

奈倉　どうしてみんなこんなに大きい音が平気なんだろうって思っちゃうんです。画面も別にこんなに大きくなくていいなって思う。仕事だからロシア語の映画は観るけど。ほかの言語の場合も、映画って語学のためにある感覚で。フランス語をやっているときは、フランス語の映画だったら何でも観てた。だから、結果的に私はロシア語の映画とフランス語の映画ばっかり観てる。

逢坂　それは珍しい観かたではあるな。

奈倉　言葉を聞きとることしか考えてない。

逢坂　僕はやっぱり大画面で観たいから、いまでもしょっちゅう映画館に行く。

奈倉　映画が好きな人は普通そうでしょう。

逢坂　母は意外と映画好き。ミニシアター系で面白そうなのがあると観にいくという感じですね。

奈倉　あと、子供のころは一緒に観たりとか。

逢坂　そうですね。僕が観てるときに隣で観てたり……逆か。いや、違うな。僕が観てたから、母も結果的に観てた。**スピルバーグ**の『**激突！**』とか、強烈に覚えてる。あれって別に話はないんですけど。タンクローリーがゴロゴロ追いかけてくるだけだから。ただ、あの恐怖の迫りかたというのはあまりにも鮮烈すぎて、数日間しばらくちょっと引きずっちゃったりとか。その記憶もありますね。

奈倉　そんななかで、一緒に観にいけるのがジブリ。私が中学生で逢坂さんが小学生のときに一緒に映画館に行って、ちょうど公開されたばかりの『耳をすませば』を観たんです。

逢坂　あと、せいぜいあったとしても『**ドラえもん**』ぐらいですよ。映画館に観にいったことがあるとしたら。

奈倉　そうだね。『ドラえもん』は親に連れられてほんとにちっちゃいときに行ったりとかしてたので。

逢坂　僕は『ドラえもん』はいまでも好きだから。

奈倉　中学生と小学生のとき一緒に映画を観にいったら、受付の人に「女の子二人ですね」って言われたことがあったよね。逢坂さん、かわいかったんですよ。覚えてるかな。

逢坂　あれはだって、その後もずっとそういうことがあったから覚えてないと思う。大学生のときでもあったもん。

奈倉　女の子だと思われる。

逢坂　家の近くのスーパーでバイトしてたんですよ。レジ打ちしてると、それをやってる男子があんまり少ないからかも分からないけど、間違えられて、でも、別に言う人ってそんなにいないじゃないですか。自分のレジに来たから「いらっしゃいませ」って声をかけたら、明らかにビクッとなって、「どうしましたか?」と尋ねたら「申し訳ありません。女性だと思っていたので」って言った人がいた。

奈倉　そうそう。女の子だと思ったって言われたりとかして。

逢坂　おばあさんらしき人が、「はい、これ、お姉ちゃんにはいしてね」というふうに小っちゃい子にかごを持たせて、「いらっしゃいませ……」って答えたら「あっ、ごめんなさい。お兄さんだったんだ」って言った人とか。ちっちゃい子で悪気なく「おねえちゃんじゃなかったー」って言って去ってった子。あと数名いました。自分から「女性だと思った」って言う人。なんなんだよ、っていう。

奈倉　小学生どころか大学生になっても（笑）。何の話でしたっけ？

逢坂　ジブリ。ただ、なんでジブリだけ見られたのかという話だよね。やっぱりなにかあるんだと思う。東京出身の父と新潟出身の母とではまたジブリ映画の観かたも違うはずだけど。

奈倉　私、いまだに、どぎついのとか怖いのとかだめ。ソ連映画なら安心して観れた。

逢坂　ソ連映画と言っても『**ヨーロッパの解放**』とか、ああいうやつじゃないんでしょう？　芸術映画？

奈倉　ううん。ソ連のラブコメとか青春映画とか。あっ、ソ連の児童映画最高。安心して観れるし、それだけじゃなく時代ごとの思潮が反映されてて面白い。

逢坂　『**モスクワは涙を信じない**』。

奈倉　とか。もっとちいさい子供向けのも。

逢坂　**タルコフスキー**ってどうですか？

奈倉　映画監督のアンドレイ・タルコフスキーはお父さんがアルセーニー・タルコフスキーっていう詩人なんだけど、映画のなかにもお父さんの詩が引用されてて、そのあたりがわかると理解が深まる。

逢坂　みんなわからないままタルコフスキーに挑戦しようとして、寝ちゃうでしょう。あの映像美とスローテンポぶりを食らって。ひたすら人がゆらゆら動いていたりする、「行こうかな、やめようかな」みたいな感じでずっと二十分ぐらい持たすのが、わぁ〜、と思って。

奈倉　タルコフスキーは、そんなに会話が多いわけじゃなくても、数少なく出てくる言葉が大事だったりとか。解釈を知ってなるほどって思うところもある。

逢坂　「行こうかな、やめようかな」というふうにウロウロしているのが自分のソ連に対する立場だったりするから。それをパッと理解できるようなもんでもない。ジブリ的価値観にせよ、ああいう家族が不自然だという人もなかにはいるわけですよ。

奈倉　こんなのあんまりいないんじゃないかみたいな？

逢坂　それこそ『耳をすませば』の月島家みたいな、子供に理解のある家庭に対していろいろ言われていたような気がする。ただ、うちはああいう感じだったなって。

奈倉　ほんとうに、うちを見てるような感じだよね。

逢坂　制作当時の時代を映しているし、あまりないタイプの家庭をじつはリアルに描いてる。

奈倉　「どんなご家庭でしたか？」っていわれたら、あれです、っていえる。

逢坂　雫の母ちゃんが何か勉強してるところとかね。僕らの母も語学大好き人間で、ずっと外国語を勉強してる。母は大学生のときに、これから世の中は経済の時代だから、経済のことが分からなきゃ駄目だというようなことを他の人に言われた影響もあって、語学の道には進まなかったらしいんです。「いまにして思えば違うんだけど」と言ってた。

奈倉　ああ、言ってたよね。

語学大好き人間の母、家じゅうの物に外国語を書く

逢坂　やっぱり語学をやりたかったとあとで気づいたらしいんです。その経験は、僕らについても好きなものを極めたほうがいいと考えるきっかけの一つになったと思う。あの人のすごいところは「若いときにやっておけばよかったな」と言って終わるんじゃなくて、師匠を見つけて学びに行くところ。岡山にいたときにドイツ語を習い始めて、その後がスペイン語で、そのときもスペイン語の先生に付いて。**家じゅうの物に覚えたい外国語の単語が書いてある**（笑）。母が冷蔵庫に冷蔵庫を意味する単語をドイツ語とスペイン語で書いて、そのあとに有里先生がロシア語で書いて「なんだよ」って。

奈倉　冷蔵庫ひとつに対して単語ひとつですから決して数は多くないんですけど、確実に

覚えて絶対に忘れないし、大事なのは**自分の生活のなかに単語が入り込んでくる感覚**じゃないかな。紙に書かれた単語帳や活用表を暗記する場合とは別のところに記憶のポケットができるんです。ふだんなんとなく「おなかすいたな」って感じたら、頭には否応なしにロシア語の書かれた冷蔵庫が浮かんでくる。**五感とセットにしちゃうと忘れない**。あとは「単語をひとつ覚えることのほうが、この家具がきれいな状態のままでいることよりも大事なんだ」っていう覚悟っていうか、価値観だよね。

逢坂　それはそう。父と僕は外国の言語を勉強しないけど、その価値観自体は共有してた。だから、ほんとに文句を言う人は誰もいなかったし。「えらい光景になってきたなー」とは思ってた。冷蔵庫に近づくと数カ国語が乱れ飛んでて、そして、それは何一つ理解できないから。最近は、冷蔵庫に韓国語の買い物メモが貼ってあります。母は韓国語もだいぶ長く習っていて、神保町の「チェッコリ」っていう向こうの小説を直輸入で販売してくれるお店から取り寄せて、原文で韓国語の小説を読んで。

奈倉　スペイン語の小説も。このまえ（マリオ・バルガス＝）リョサの『ケルト人の夢』を読んでたよ。

逢坂　ガルシア・マルケスも読んでたな。韓国語の場合は固有の表現に迷ったりしてますけどね。「この作品で何回も出てくる『感情労働者』ってどういう意味だ。そうとしか訳せないんだけど、どういう意味かな」って聞かれて、そういうときはググってみようかなと思って検索したら、韓国には接客業や電話相談、それに看護師などの「自分の感情を抑え、実際とは異なる特定の感情表現をしないといけない職業」を感情労働というふうに定義する法律の用語があるんです。そういう訳語には苦労しているけど、普通に読めるみたいです。もし僕の小説が韓国で出たら、向こうの言語で読むと思います。

ネコと呼んでいた猫と、出て行ったウサギ

奈倉 あと、家族といえば、猫がいたよね。最後のクロが数年前に亡くなって、いまはいないけど。縞模様で毛の長いミーもいて、クロとミーは兄弟で。

逢坂 歴代の飼い猫は三世代で四匹か。クロとミーは双子で捨てられたのを保護した。他も全部保護猫というか、もらってきたり拾ったり、向こうから飼われに来たり（笑）。

奈倉 真っ白い猫もいた。

逢坂 最初に拾ったのがシロっていう白猫で、その次にミューっていう名前の猫が……あんまり呼ばなかったけど。

奈倉 アメリカンショートへアっぽい種類の。子猫のときミューミュー鳴いてたから私がミューってつけたんだけど、「ミ」のあとに小さい「ュ」なんて口を動かしにくいといって、誰も呼んでくれない。**結局ネコっていう名前に**なっちゃった。

逢坂 ミューは勝手に家に上がり込んで、居間にゴロンとひっくり返って毛づくろいを始

めて、「じゃあよろしく」という感じでそのまま居ついた。

奈倉　子猫だったんだよね。全くの子猫がいきなり入ってきて、え〜、みたいな。

逢坂　あれは母ちゃんが洗濯物か何か出しているときに、窓から身を乗り出していたら向こうからテテテテッと子猫が塀の上を歩いてきて、パッと目が合って、じーっと顔を見て何かを確認して去っていったということがあった。その話を夕方にしていたら、その猫がドアから入ってきて、「じゃあ、ここでお世話になります」という感じで勝手に居ついちゃった。

奈倉　あと、もっと昔にウサギが一匹いたね。

逢坂　いたね。自然に帰っちゃったやつ。

奈倉　飼い始めたのは横浜だったんだけど、そのとき住んでた家にちっちゃい庭があって、そこに放したりとかしていて、満足そうにしてたんだよね。われわれの目から見れば。そのあと岡山に引っ越して、広いからもっと嬉しいだろうって思って外に放しても、すぐに帰ってきてた。でもそうしたらそのうち、帰ってこなくなっちゃって。で、しばらくしてから近所の人に「お宅のウサギさん、うちのキャベツ食べてたわよ」とか言われて、人の畑のキャベツを食べて生活しているということが明らかに……。

逢坂　たぶんそっちのほうが楽しくなっちゃったんだね。

奈倉　家族といえば新潟も大事だよね。母の実家の。トルストイと孫娘のツーショット写真にそっくりな、祖父と私の写真があって。（左ページ）

トルストイと孫娘（左）、奈倉さんとおじいちゃん（右）の写真。構図がそっくり。

逢坂　左右が反転してるくらいでほんとにそっくり。たまたま似たの。これは奇跡の一枚。
奈倉　おじいちゃん本人もびっくりしてた。
逢坂　でっかく引き伸ばして、額縁に飾ってなかった？
奈倉　気がついたら家族であの写真を大事にしてた。私にとって祖父は、トルストイが好きで明るくて優しいおじいちゃん。怒ったところどころか、不機嫌なところも見たことがない。若いころは新潟から佐渡までだって泳げるくらい体力があったらしいです。おばあちゃんもそう。朝の五時とかに起きて畑に出ていくので、私はがんばって早起きしてついていくのが好きだった。自分にとっては長い休みのときだけの非日常で「がんばって早起き」だけど、農家の人はそういう偉業みたいなことを四六時中やっている。思春期になって、本を読んでいろんな思想を知って悩んだり迷ったりすることがあっても、「トルストイが好きで、農業をやる」という、思想と生きかたが一体化した人がいるということは、ずっと支えだった。**心から尊敬できる生きかた**です。日本の作家も好きで。啄木も好きだったよね。
逢坂　うん。啄木と同じくらいの年に死のうと思っていたとかいう逸話も母から聞いた。僕は特におじいちゃん子だった記憶があるんだけど、農道とかだったら車も運転させてくれたりとか……当然膝の上に乗っけてだけど。走ってもいいようなところ。
奈倉　あぜ道で、運転してる気分を味わわせてくれる。

逢坂　おおらかですごく優しいおじいちゃんで、本も買ってくれたりして。いろんなところで姉と僕に影響を与える要素があった。その要素というのは、姉の場合は文学で、僕の場合は戦争だったんですよね。

新潟のおじいちゃんとトルストイ——平和主義の農業者

奈倉　逢坂さん、おじいちゃんにインタビューしてたよね。

逢坂　そうです。子供のころは、おじいちゃんは一九二五年に生まれて海軍に志願して、戦地に赴くことなく国内で敗戦を迎えたということしか知らなかった。二〇〇五年、大学生のときに、インタビューしようと思い立ったんです。その年は戦後六十年を迎える年で、まとまった話を聞くことのできる時間は、もう限られているだろうと思ったから。「録音とかメモ取るのは勘弁してね」と言われたけど、本当に詳細まで教えてくれたのでよかった。

おじいちゃんは尋常小学校の先生が「頼むから進学させてくれ」と頼みに来たくらい勉強ができたのに、家庭の経済的事情で無理で、教育は軍隊で受けるしかなかった。そこで中学校に行っていないのに難易度の高い海軍機関学校を受験して合格して、横須賀と舞鶴の基地に配属された。国内に留まっていたと言っても配属されていた軍港には空襲もあるので、そこで凄惨な場面も目撃していた。ひとつ鮮明に記憶に残ったのは、「バラバラになった死体を見ても、怖いとも思えなくなっていた」という言葉。
これはさらにあと、僕が作家になれると決まった二〇二一年に知ったんだけど、**おじいちゃんも戦前は作家を志していたらしい**。でも、戦争の惨禍を目にして、作家になろうという意志は失ってしまった。戦後は死ぬまで軍国主義は絶対駄目だという価値観を貫いて、平和主義の農業者として地道に活動していた。
奈倉　私にとっては、文学でもあり平和でもある人。母がよく話していた思い出に、昔、おじいちゃんに勧められてトルストイを読んで、「農民のことをいつも考えているってことだけはわかった」と言ったら、嬉しそうに「うん、それが分かればいい」と言われたと。やっぱりトルストイのそういう、農民が大事というところと、平和主義というのは、すごく大事に思っていたんだと思う。たとえば私はトルストイの『アンナ・カレーニナ』でリョーヴィンが農作業をする場面を読むと、頭のなかには新潟の田んぼにいるおじいちゃんが浮かんだりとか、そういう重なりかたをしていた。だから**トルストイを読んでいて、なんとなく懐かしいような気がする**んです。**新潟が重なる**から。
逢坂　トルストイに影響を受けたおじいちゃんと、のちにロシア文学に邁進していく孫の写真。
奈倉　おじいちゃん、晩年は半身不随になっちゃったけど、その写真を見せたときは本当に嬉しそうで。「おお〜、このころから有里の将来は決まってたんだな」とか言って。

逢坂　祖父もまた、「こういうふうに生きろ」というような距離感の人ではない。夏休みとかになると新潟に行って会うわけだから、常に一緒にいるわけでもない。だけど、どことなく祖父に導かれているという感じは僕もある。

奈倉　そう。なにをしろとかいうことをおじいちゃんも言わない人でしたね。というか、そもそも話というものはあんまり。私たちを面白がらせようという感じはあったんだけど。いつもニコニコして。

逢坂　僕が一回だけおじいちゃんに「それは駄目」と言われたのは、零戦のプラモが欲しいと言ったとき。なんでかというと、僕の好きな『ドラえもん』によく「プラモを使ってジオラマを撮る」という展開があって。何の気なしに「こういうのやってみたいな」って思って。プラモを作って写真で映画っぽく撮ったりしたらかっこいいんじゃないかなって。小遣いもなかったから……。

奈倉　新潟に行くと好きなものをいっこ買ってもらえる。

逢坂　その買ってもらえるチャンスを零戦のプラモに使おうと思ったんだよ。そうしたら「他のを買おうね」と言われて。零戦は日本軍機だし、たとえおもちゃの世界であっても、戦争に関係するものを自分の孫が使うのだけは見たくなかったらしいです。「探してみて他にいいのがなかったら」と食い下がってみたら、「そうしたらまた別のを買おう」と言われて。

僕は戦闘機とか戦車のスペックがどうとか、どう動いたかということには早くから関心があった。同時に、こんなのでいいのか、という思いも持っていた。祖父の影響だけじゃなくて、実際の兵器の機能について知れば知るほど、戦争って本当に最悪だなとわかったから。ただ、やっぱり個々の兵器に対する、言葉本来の意味でのフェティシズム、物神崇拝的なものはいまだにどことなく引きずっているところがある。

祖父の場合は兵器の機能美に惹かれるなんて、あるわけない。印象的だったのが、敗戦が決まってから米軍が実際やってくるまで、なにをやっていたかという話。武装解除したのに海岸に並んでいた大砲をそのままにしておくわけにいかないから、ものすごい勢いで解体して、ひたすら海に捨てるという作業をずっとやっていたんだって。そういうのを聞くと、実物の兵器って夢も希望もないと思う。

奈倉　新潟といえば、昔風の広い農家で、向こうには私たちと同年代のいとこが三人いて、そのいとこたちと遊べるのも楽しみだった。うちが何度か引っ越したから、私たちには幼馴染とかそういう存在があんまりなくて。だから、いとこたちとおばあちゃん、おじいちゃんというのは、唯一私たちにとってずっと変わらない人たちなんです。

逢坂　「あそこへ行くとあの人たちがいる」というような感覚は他にない。

奈倉　そう。だから母だけじゃなく自分たちにとってもふるさとみたい。そういう場所って他にないから。いちばん思い出深い場所。うちは父親が、アウトドアとかそういうタイプじゃないわけですよ。母親も。でも、いとこのお父さんていうか、母の双子の兄がすごくアウトドアが好きで、いとこたちと一緒に海に連れていってくれたり、山に連れていってくれたり。

逢坂　カヌーとかね。スキーとか。

奈倉　おじさんは、カヌーなんて自分で作っちゃうんだもんね。

逢坂　そうそう。

奈倉　父親は新潟に行くと史料調査をするんだよね。

逢坂　浄土真宗のお寺とそこにある古文書の類いを実地調査できるところがたくさんあるから。

奈倉　現地のお寺さんに行って、「古い文書を見せてください」といって調査をするんだよね。だから新潟には家族みんなでお世話になっているけど、遊んでいるところに父親の記憶はなくて、あとになって「弥彦山に登ったとき、お父さんは?」なんて聞くと、「あのときも調査してた」と。おじさんが見ててくれるから大丈夫だと。

逢坂　つまり僕らが「新潟に行く」というときは、母は帰省で、僕らは遊びに行き、父は研究調査をしていた。

奈倉　みんな楽しい（笑）。父はそのころはまだ非常勤のかけもちだから夏休みをわりと多くとれて、調査にちょうどいい。ちょっと特殊だけど、当時はそういうものだと思ってた。

逢坂　「みんな夏休みは田舎に行って遊ぶんじゃないの？」と思ってたね。受験のための勉強とかはしなかった。僕について言えば、勉強というもの自体がよく分かってなかったわけです。

奈倉　勉強というか、学校のシステムみたいなもの。

逢坂　僕のときって、ギリギリ相対評価が中学の途中まで残っていたんです。テストを受けると八十点以上は普通に取れるんだけど、授業のノートのつけかたでもあれこれ評価されて、それがよくないと成績が悪くなるという。だから学校の成績は大惨事になっちゃって、1とか2とか。内容を理解しているからテストでいい点取ってるのに。

奈倉　あったね、ノートのつけかたで点つけるやつ。まだやってるのかな。

逢坂　ないと思いたい。途中でそのシステムに気づいて、なんとか普通の高校に行って、やっとそこでテストに向けて勉強するということの意味が分かったから、推薦で普通の大学に行けたけど。有里先生は高校を出てからいきなり単身ロシアに渡ってますから、それどころの騒ぎじゃない。

外国語をやるなら現地で好きなだけやったほうがいい

奈倉　よく「なんで突然ロシアに？」と聞かれるんです。その経緯をほんとうに説明するなら私自身の『幼年時代』『青年時代』を書かなきゃいけないにしても、ロシア語を勉強したくてたまらなくなったときに、両親に相談したら背中を押してくれたんですよ。まったく外国に行ったことのない父が「そりゃあもう、外国語をやるなら若いうちに現地で好きなだけやったほうが強いに決まってるじゃないか」と言って。

逢坂　別に帰国したあと大学院に進学しようと狙っていたわけじゃない。

奈倉　うん。向こうで大学三年生くらいになって、「どうしよう」と考えたときに、日本に帰って大学院に入る選択を考えて。

逢坂　僕が初めて外国に行ったのは大学生のとき。明治学院大学の国際学部には、卒業前に校外実習といって、各ゼミで海外に行くという課程がある。で、中国と韓国に行った。向こうの戦争博物館とかがどういうふうに展示を行っているかとか、どういう歴史の伝承がなされているかを実習の主題にした。あとは家を建てるボランティアチームに参加してフィリピンに行った。それぞれすごく面白かった。ただ、それ以来、海外には行っていなくて、気づいたらパスポートも失効してるし。

奈倉　フィリピンの話はなんとなく聞いてたけど、すごく楽しくて充実してたっぽいよね。

逢坂　充実してた。僕が国際学部を選んだのは、二〇〇一年九月、高校一年生のときに、アメリカ同時多発テロ事件があったことが大きい。高校が米軍基地のある横須賀ということもあって、なにかが決定的に変わっちゃった感じがしたんです。街の空気みたいなものが。あのときの在校生はみんな記憶していると思う。陸上の練習をしていた先生が、スターターピストルを鳴らしたら、なぜか米軍の兵士たちがドドドッと殺到してきたこととか。

奈倉　それはすごい体験だね。

逢坂　兵士たちにどういう権限があってそういうことをしたんだと思うんだけど。そのぐらい、やっぱり国でテロが起きたということに対する尋常ではない警戒感と、それがまだ日本にあるんだね、ということの理不尽さと。それでなんとなく思ったんです。これは確実に世界が悪い方向に変わると。このテロで。で、その世界の変化をちょっと見極めたいと。これからの時代は国際政治だし、もっと言えば国際関係だと。なぜかと言ったら、**宗教も政治も文化も切り離して論じる時代ではない**と。まさにそれが目の前で起きたわけだけれども。必ずなにかそれぞれの分野が結合してこの現象が起きているのだろうと。ということは、学際的に学べるところがいいと。ということは明学大がいいなと思って、国際学部に行ったんです。行ったはいいけれど、ここから僕の、実は学者になりたかったけどなれなかった挫折の話が始まっちゃう……ある時期までは僕が学者になって有里先生が作家になるほうがよっぽどリアリティのある姉弟だったの。

奈倉　そうかもしれない。

逢坂　よくそういうことを言われていた。有里先生はものすごくアーティスティックな方向に感性を持っていたし、僕は大学に入ってから勉強ばっかりしてたから。ところが、僕の学者を目指す試みは学部生で早くも終わっちゃって。最初学部に入ったときに、ゼミが始まったら付きたいと思っていた先生が、ゼミが始まる前に辞めちゃったんです。それで当時どういう心境だったか忘れちゃったけど、日本国内のことを学ばなきゃ駄目だと思ったのか、にんべんのほうの民俗学の先生に付いたんです。そうしたら、その人もいろいろあったらしくて、僕が四年になる前に辞めちゃったんです。それで、しょうがないから国際法の先生のところに行って、卒論を書くためだけにそこに行って、やっとなんとかかんとか卒論を書いて卒業できたんですけど、こういうことをやっていると、やっぱり師匠が見当たらないから、自分の専攻がなんだったのかもはっきりしないし、そこはもう早々に駄目だという感じになって諦めた。で、卒業したはいいけど、あまり定職にもありつけないというのでフラフラしていたのが数年間。

学者になりたかったけど

奈倉　**なぜ二人とも書くことを選んだのか、**というテーマに近づいてきたね。

逢坂　僕の話をしますと、そういうわけでアカデミックな方向からは早々に敗退して。そもそも院生にもなれなかったわけですが。で、会社員生活を始めて、やっぱり向いていないというのを思った。ものすごい早めに。チームプレイができないし、協調性がないし。会議というものの意味もよく分かっていなかった。理屈で言い負かせばいいと思っていたから、「違う違う、そうじゃない」みたいなことになっちゃうし。とにかく会社員生活はつまらないし致命的に向いてない。じゃあなにが楽しいかと思ったら、学部生時代に**論文を書いていた時期が一番楽しかった**なと思ったんです。高橋源一郎先生のラジオに出たときにも言ったんですけど、在学中に論文のコンテストが二回あって、二回応募して、どっちも優勝したんです。優勝というか、最高賞の学長賞受賞。

奈倉 あれって本来だったら二回続けては受賞できないのに、源一郎先生が推してくれたから二度目も受賞できたんじゃなかったっけ。

逢坂 そういうわけじゃないと思う。ただ、普通はないという。

奈倉 だって、普通は避けるもんね。

逢坂 普通は避ける。なんだったら同じ学部が連続するというのもあんまり無いらしい。在学中に二回学長賞受賞したのは多分あなただけとは言われた。そのときに審査員だったのが高橋源一郎先生だったんです。特に第三十回のときに、すごくよかったというふうに講評で書いてくれて。この間ラジオに出たときに、実は裏で、「こんなに書けるんだったら作家になってくれないかな」と言ってらしたというんです。そういうわけで、やっぱり文章を書いていたのが楽しかったし、「俺は高橋源一郎先生に二年連続で認められたんやぞ」というような、なんか頼りない、よく考えたらちょっと筋違いな自信もあったので。それで、なにが好きかというふうにもう一度考え直したら、じゃあ小説が書けるんじゃないかなとふと思ったんです。それまでそんなに真剣に小説を読んでなかったけど。映画大好きで、ストーリーを考えられる、で、文章書けるしというふうにふと考えていて、コスタ・ガヴラスかなにかの映画を観たときに「こういう話はどうだろう」というふうに思いついたら、パソコンでその思いついた話を書き始めたんです。まだ文章作法が分かっていなかったら、たぶん行頭下げとかもできていなかったと思うんだけれども。

ただ、なにがよかったかというと、最後まで書ききれたんです。「あ、書ききれた」という。で、書ききれたからには向いているんじゃないの？　と思って、なにかの小説の新人賞に送ったら、一次は通過した。「向いているかもしれない」と思って。なにより書いているのが楽しいと分かった。自分は論文の世界には進めなかったけど、文章を書くのは好きなわけであるし、思えばストーリーを考えるのがやっぱり好きだった。ということは、小説を書くというのはとても楽しいし、ゆくゆくはそれを小説家として仕事にできたらなおいいでしょうということで、途中から働きながらだけど、書いては落ち、書いては落ち、書いては落ち、書いては落ちと、気づけば十年以上たっているんだけど、特に後半に行くにしたがってぜんぜんつらくもなんともないという。**極論これが一生続くんでもいいや**という感じになっていったら、それが最後のほうに肩の力が抜けて、デビューした。そうしたらすごいことになっちゃったんだけど。

君は永遠に若いわけじゃないだろう？

奈倉　私はやっぱり本が好きだったので、ちいさいころから「本がいくらでも読めたらどんなにいいだろう」と空想することが多かった。どんな仕事に就きたいという以前に、**「本を読める環境にいたい」**というのが強くありました。それでいざ文学大学（ロシア国立ゴーリキー文学大学）に入ってみたら、ものすごく大量の本を読まされるわけです。文学大学っていうのは主に作家になりたい人、翻訳家になりたい人、批評家になりたい人が行くんですけど、なにかを書かせる以前に、とてもじゃないけど書く暇なんかないってくらいの量の本を読ませる。だけど本がいくらでも読める環境は長年の夢だったし、性に合ってた。正直なところいくら好きだとはいえ、それまでの「好き」っていうのは好きな本を何度も読んだり、ゆっくり読んだりすることで（それはそれで大事だってことにも気づくんですが）、おまけに好き勝手に本屋さんや図書館で見つけた本を読むので、いわゆる乱読でした。大学ではじめて系統だてて本を読んでいったけど、あんなにたくさんの本を一度に読んだことはなかった。数えているわけじゃないけど、大学にいるあいだにそれまでの人生で読んだ数は軽く超えたはず。でも本って、ひとことに**「読む」っていってもいろんな読みかたがあって**、より深く読める読みかたとか、読書体験の方法っていうのかな、そういうものを知るほど面白くなるし、読みたい本も増える。東京に帰ってからもどこかでの続きを追い続けたかった。だから自然と行くところは限られて。修士課程のときに初めて翻訳の話をいただいて、そのあといくつか翻訳をしながら博士論文を完成させて、それを本にしたのが二〇二一年です。つまり目の前にある「本」に取り組んでいたら、気がついたら現在に至る。

ありがたいことにそのときどきの経緯にはすごく恵まれていたと思います。最初の翻訳は、二〇一〇年に東京でおこなわれた国際ペンクラブの大会で初来日したミハイル・シーシキンを成田に迎えにいくところから始まりました。沼野充義先生に頼まれてアルバイトのような感じで、通訳とガイドを務めたんです。決まったのは来日の一週間前でしたが、せっかく来てくれるんだから本を読んでおかなきゃと思って、その一週間の予定を全部キャンセルして家にこもって、出たばかりの『手紙』の原書をちょうど一週間かけて読んだらすごく面白くて。それで来日したシーシキンを質問攻めにしました。ほんとは東京の案内をしなきゃいけないんですけど、頭のなかは読んだばかりの本のことでいっぱいで、何度も道を間違えて、シーシキンに「ユリ、私が東京を案内しよう」と言われるほどガイドとしてはだめだめだったんですが、質問については「いい質問だ」と言いながら熱心に答えてくれて、ついには帰国の前日に「この本を翻訳するのは君しかいない」と言われて。

そのときの私は経験ゼロですから、「これを翻訳するには、私はまだ若くて未熟すぎるんじゃないか」と率直に言ったら、**「でも君は永遠に若いわけじゃないだろう?」**という答えが返ってきて、笑ってしまいました。確かにそうだ、と。ただやっぱり翻訳出版は、新潮社の斎藤暁子さんをはじめ、とにかく周りの人にものすごく恵まれてできたものでした。

逢坂　僕と有里先生の単著が二〇二一年に出たのはまったくの偶然で。そして、世に出てからは、なぜかは知らないけど同時期に評価され、内容がシンクロする。

奈倉　逢坂さんがアレクシエーヴィチに感銘を受けて『同志少女』を書いていたのと同時期に私はアレクシエーヴィチを翻訳していたんですけど、お互い知らなかったんですよね。

逢坂　あそこから謎のシンクロが怒濤のように起きた。高橋源一郎先生は僕らが姉弟と知らずに、「ラジオでアレクシエーヴィチ特集をやろう。ゲストは奈倉有里さんと逢坂冬馬さんだ」と決めてオファーを出していた。そこで初めて姉弟だと公言したし。

奈倉　源一郎さんが「椅子から転げ落ちそうになった」っていう（笑）。

逢坂　姉弟で、なんだろうね。僕がロシアを主題にして小説を書いたのは『同志少女』が初めてであるし、特にロシアにこだわって書いていたわけじゃないんです。僕には僕のいろんな試行錯誤があって、歴史ものを書くのはこれが二回目なんですけど、独ソ戦の女性狙撃兵というのはいつか小説にしたいなというのは、小説を書き始めてからわりと早いうちにあったんです。ただ、資料がそろわないと、うかつなものは書けないし、テーマがまだ見つからないというので、何年か頭の中の冷蔵庫にしまっておいたわけです。

編集者より厳しい姉のダメ出し

逢坂　転機が来たのは二〇一六年あたりから。一番大きかったのは、**『戦争は女の顔をしていない』**の**スヴェトラーナ・アレクシエーヴィチ**さんがノーベル賞を取って、日本で二回目の翻訳出版がされたときです。あれを買って読んだときに、**いままでにない戦争の語りというものに直面した**。個々人の語りの中から戦争というものが立ち上がってくるような感じがすると。これをなんとか小説の世界に生かせないかなというふうに思ったのが一つ。時を同じくして、独ソ戦の通史というものも、日本人の研究者が日本人向けに書き始めたりしたので、わりと理解しやすくなってきた。それに加えて、ソ連側の資料というのはいままであまり訳されてこなかったんだけど、いろんなものが手に入るようになってきたわけです。リュドミラ・パヴリチェンコの自伝本なんていうのが原書房から翻訳されて出てきたり。それらでやっと書けそうだというので、いろいろテーマを考えて、最後に「戦争とジェンダー」という大テーマが降ってきた。これで書けるぞとなって、ドンと出した。世に出す前に、奈倉有里先生に一番活躍していただいたのは、『同志少女よ、敵を撃て』でアガサ・クリスティー賞を取ってから出版に至るまでの段階なんです。

奈倉　そうそう。それ以前は読んでなかったんですけど、そのときに初めて読んで。

逢坂　で、怒濤のように鬼のごとくダメ出しされて。

奈倉　（笑）。そんなにしてないですよ。あ、結構しましたね。Ｚｏｏｍで。

逢坂　そう。とにかくロシア考証をひたすらやってもらったんだけど、プルーフと呼ばれる仮の製本に「ここが修正点です」と言われるたびに付箋を貼っていたら、途中から付箋がなくなって、追加の付箋を持ってきて、それもなくなって、もう一回持ってきて。

奈倉　「もうない」とか言って。

逢坂　付箋を二回おかわりして最後まで貼り終えたら本が毛虫みたいになって、これ全部直すのか、っていう。ディテールについては数えきれない。特にプロローグとエピローグがね。戦史系の資料を読んでもカバーできないところってなにかというと、生活なんです。どの程度インフラが整備されていたかとか、食生活はどうかとか。前半で農耕用の牛を出したけど、絶対トラクターがあるというふうに言われたりとか。

奈倉　時代的にね。しかもモスクワ近郊で、そんなに田舎じゃないし。

逢坂　結構でかい修正を余儀なくされたのが、**ソ連にパン屋がなかった**ということ。

奈倉　パンはもちろん売ってるんだけど、作品に描かれていたのは独創的な手作りパンを売っている、日本や西欧にあるような「パン屋さん」という感じのお店で、それはないと。ソ連のパンは基本的に工場で作って、お店に運ばれてきて売っているわけですけど、それはパン屋さんというよりは、パン工場とパン売り場なんです。

逢坂　当然全部国営だということは分かっていたけど、パンはパン屋で、許可取ってやればパン屋ぐらいあるだろうと思ってた。最後、エピローグで（登場人物の）シャルロッタがパン工場に勤めているのは、あれは本当はママと呼ばれるヤーナとともにパン屋を切り盛りするはずだったんです。で、それを書いて出して受賞していたんだけど、そのパン屋というものがソ連にはなかった。

奈倉　訂正するか一瞬迷ったんですよ。すごくいいシーンだったの。牧歌的で。パン屋さんをやっているというのがね。だから、これは直したくないんだけど、でも、やっぱりねと。ソ連史を知っている人からはつっこまれるだろうなと。

逢坂　で、どうしようかなってしばらく悩んだんだけど、よく考えたらシャルロッタって工場労働者にすごいあこがれていたから、パン工場でいいんじゃないかなと思って。で、パン工場で書いたら、それなりに結構いいぞと。

奈倉　そうですね。リアリティとしてはやっぱりパン工場でよかったよね。

逢坂　結果的にすごくよくなったと思います。で、工場を仕切りまくって職長にまでなったという。ソ連での出世としてはこっちのほうがいいんだと。

奈倉　映画の『モスクワは涙を信じない』みたいだよね。人生の苦難を乗り越えたヒロインが工場で出世して、自分なりの幸せも手にする。

逢坂　かもしれない。シャルロッタからすれば優れた狙撃兵になったことより旧貴族の負い目から解放されて工場労働者として生活しつつ幸せを掴んだことのほうが重要なわけだし。

奈倉　ソ連のリアリティは増した。

逢坂　ストーリーを変えなきゃいけなかったのはそれが最大のところ。もちろん話そのものはなにも変わってないんですけど。

奈倉　私が直したのはそういう細部。あと名前ね。

逢坂　名前ね。

奈倉　聞いたこともない不思議な父称があって、「どうやって考えたの」って訊いたら「忘れた」って（笑）。

逢坂　どこから出てきたか分からない。ロシアの名前は難しいんです。要するに、その人の名前のあとに、父称っていうお父さんの名前の変化した名前が来て、そのあとにファミリーネームが来る。この父称にすると親父がポーランド人になっちゃうという名前があって、それは困るなと。

奈倉　絶対にということはなくても、やっぱりそれ系の名前をあえて使うと、知っている人からはいろんな推測が出そうで。

逢坂　フルネームが決定した場合に、結局民族が決まっちゃうわけです。ただ、主要登場人物のファーストネームは変えないで済んだのはよかった。さすがにそこは、（主人公の）セラフィマをいまからアナスタシアさんにしたら絶対成り立たない。埋没せずに、どれだけ読者にパッと鮮烈な印象を与えるか。語感と内実が一致してないかという。セラフィマはそれで本当によかった。

奈倉　そこそこ珍しい名前ではあるけど。

逢坂　でも、ある名前ではある。

奈倉　賞を取ってから本が出るまですごく短かったよね。

逢坂　そう。僕は八月に受賞が決定して、十一月刊行だったんです。これ自体結構タイトなスケジュールではあるんだけど、その前にありがたいことに早川書房の人たちがすごく内容を買ってくれていたので、プルーフを大量に本屋さんに配るという作戦をやったわけです。それが何百とかいう普通は出さないような数だった。この関係があって、やらなきゃいけない作業が大幅に前倒しになった。さらに、『ミステリマガジン』に来月載りますとかいう話が急にきて。

奈倉　冒頭だけ載ります、みたいな。

逢坂　そのとき、普通に会社勤めしてるから、フルタイムで働いて家に帰ったら深夜まで原稿を直してた。死ぬかと思ったけど。

奈倉　そっちは会社勤めしてるし、私も自分のゲラがあって。

逢坂　すいません、って言いながらお願いしてた。「ありとあらゆる編集者との打ち合わせよりあんたのが一番恐ろしい」と言いながら。

奈倉　編集者より私のほうが。

逢坂　と言いながら直した。編集さんが「こうしたほうがいいのでは」と言ってくれるのは内容についてだから、違うと思えば「これこれこういう理由で直しません」と言える訳よ。もちろん直す場合もあるけど。でもロシアの考証についてはもはや言い返す余地無いじゃん。

奈倉　でも、やってよかったね。

逢坂　よかった。本当によかった。**本当に心強い**。あれがなかったら、あり得ない名前をたくさん出しちゃって。で、やっと出られたという感じです。でも、いまにして思えば、あの時期が一番楽しかったかもしれない。これからやっと世に出られるんだということが決まっているときの作業だから。

奈倉　確かにいま思えば楽しかった。

逢坂　若干追い込まれてハイになってただけかもしれないけど（笑）。

女らしさ、男らしさを考えないでいられる環境

奈倉　『同志少女』の大テーマは「戦争とジェンダー」ということで、ジェンダーの話。ジェンダーについては、私たちは生育環境としては恵まれていたと思う。両親は私たちが女らしさとか男らしさとかを考えないでいられる環境を作ってくれていて、私は大人にな

るまで性差をほとんど意識したことがなかった。たとえば、私は子供のころ『**ロビン・フッドの冒険**』が大好きだったけど、**ロビンに自分を投影して読んでいた**んですよ。別にそれがおかしなことだというふうにはぜんぜん言われない。ありがたかったな、と思う。「昔は男が威張ってて、女は家庭に入らなきゃいけないと言われて大変だったんですよ」みたいな、悪い過去の話という感じで聞いて育った記憶がある。だから、性別で役割が決まっているみたいなことを言う人を見かけると「えっ、何世紀の人だろう」と驚いていた。いまだにびっくりしてしまう。

逢坂　そう。**ジェンダーギャップというものがあってはならんものだという感じの価値観が、当たり前のように前提として成立する家庭で育ってきた**と。結局「いまはそういう時代なんだよ」ということを自明のものとして受け取って育ってきたわけです。

でも、世の中はそうでもないらしいと気づいたのは中学に入ったあたりから。「女性というのはこうだ」ということを、なんの留保もなしに話している政治家とかテレビタレントの姿を見るようになって、まだまだそんなに性差に基づく差異というものを前提のものとして話す人たちもたくさんいるんだなと思った。最近もその傾向が批判された森喜朗元首相って、自分が中学生のときに出てきて圧倒的不人気を誇っていたけど、いろんな意味で自分にとっては過剰なインパクトがあった。こんな旧世紀の遺物みたいな人がいるんだという。

ジェンダーギャップを感じさせない家だったという話とつながるけど、わりと放任主義だった両親が、こと文化に関しては、あんまり過激なものは見せたくないという思惑だけはあったような気がする。僕が見たいと言ったわけじゃないんだけど、やっぱり『ドラゴンボール』みたいな少年漫画ってあんまりいいものだとは思っていなかったようなところは感じます。戦って勝つというのがすべてだから。血も出るし。

奈倉　人が戦ったり倒れたりすることが中心の話、私はいまでも読めないんです。うちにはその基準はすごくありましたよね。だから、見るもの読むものってやっぱり限られてはいたんです。別にそれでまったく不自由を感じなかったというか、いいものを選んでくれるという安心感があった。父が子供のころに読んだ世界文学全集をすごい大事にとってあって、それは読めるようになると実際本当に面白かったし。いま思うのは——人には慣れなくていいものってあるんじゃないかって。攻撃的だったりやたらと血が出たり、そういうことって本来すごく嫌なことだと思うんですよ。**安易に血なんか出さなくても面白い作品は作れる**のにっていう認識がずっと漠然とありましたよね。

逢坂　そうですね。これは**少年漫画のメインストリームにあるものの問題**でもあるんだけど、**戦うというか、殺し合いでなにかが解決していく**という性質の作品がたくさんあるんです。その価値観というのは、やっぱりちょっと受け入れがたいものがあったみたいですね。僕もそっちのほうはぜんぜん興味を示さなかった。野蛮で嫌だなという感じの印象があった。いまは別に普通に摂取できるけど。でも、それもどっちかというと勉強のために読むという感じで。

男子なのに『りぼん』なんか読んでるの？

逢坂　それで、ジェンダーの話になるんだけど、子供のころ、僕らの周りの男子ってみんな『ドラゴンボール』を知ってたし、少年漫画、バトル漫画が大好きなんですよ。リアルタイムだと、もう少し下って別の作品だったと思うけど、常にバトル系の少年漫画はなにかしら人気作があった。でも、その辺って僕にはついていけない世界だったし、あんまり関心もなかったし、家庭環境の影響もあってか、ぜんぜん読まなかったんですね。ところが、子供のころから「少年は少年漫画を読むし、少女は少女漫画を読む」という前提をもとにして文化に接触する家庭が多いからなのか、やっぱり育つにつれて、周りの男子は少年漫画を読んでいる人たちが多くなるんです。そこがひょっとしたらギャップに気づいた一番最初の出来事だったかもしれない。というのは、やや遅れてわが家に『りぼん』というものがやってきた時期があったんです。少女漫画だったらまあいいやという感じだったのか分からないけど。

奈倉　私はその経緯をよく覚えてるんですよ。小学校で初めて仲のよくなった友達が毎月『りぼん』を読んでいて、読みたい読みたいとねだって、サンプルみたいに一冊を借りてきて、親がじっくり読んでみて、「どうかな」「これならいいかな」って許可が出て。

逢坂　あのときも、親が言っていたことをいまにして思うならだけど、**恋愛というものの内容が分かる前に「恋愛こそが素晴らしい」という価値観に染まってくれるなよ**、ということを優しく言ってくれたなと思って。

奈倉　そうだね。でも子供心に嬉しかったのは、**親がちゃんと読んでくれる**こと。

逢坂　「こんなものはいかん」と頭ごなしに否定する感じじゃない。

奈倉　読んで、「でも、これはここが」とか、「これはちょっと違うんじゃない？」とか、わりと率直に、楽しみながら、「こうなんじゃないか」と考えてくれるのが。そういう**体験を一緒にできるから、孤独にならない**。親がどうしてそういうことを考えているのか、どういうところがいけないと思っているのかというのが分かるんですよね。で、「ああ、確かに」と思うこともよくあるし。

逢坂　文化的にケアしてくれるというか。**受け取りかたをサポートしてくれていた**と思う。それは放っておかれるよりよっぽどよかったと思います。そんなこんなで、僕自身は漫画を読んでなかったんだけど、有里先生が『りぼん』を読んでいたおかげで、それを横から読ませてもらっていたから、小学校男子のころから『りぼん』だけ読んでいるという。いまは分からないけど、小学生当時にそんなことをチラッとクラスで言ったら、「お前、男子なのに『りぼん』なんか読んでるの？」みたいな感じですごい言われたんですよ。なにが悪いんだろうと思ったけど。でも、そういうものであるという空気がはっきりとあって。やっぱりそこから、カルチャーから性差が分化してゆく。見ていくものが男の子向けと女の子向けに分かれていく。着るものも色も違っていく。でも、僕は男の子向けと分類されているほうに全く関心が湧かないわけです。ですから、そこのギャップというのは育つにつれて直面していった。逆に言うと、**「男性の作家だからこういう作品は難しい」とか「女性の作家にはこれは書けない」とかいう価値観というのは一切信じない**で済んでいるんです。**文化が性別で分かれない道に育ってきた**から。

奈倉　そうですね。だから、たとえば少女漫画を読んでいても、やっぱり受け取りかたが違ってくるというか。「かっこいい男の子がいたらいいな」とか、そういうふうにはならないように読んでいたということが、あとから分かるんですけど。親が「たとえばこれと比べると」といって、他の本を出してきたりするわけです。だから、またそこから「この漫画の世界観はたぶんこういうのに影響を受けてるかもしれない」とか、そういう感じで小説を出してきたりする。『**風と共に去りぬ**』とか。だから、「なるほど文化ってつながってる」っていうことに、早いうちに気づけたという感じ。

逢坂　『風と共に去りぬ』ならスカーレット・オハラの造形の魅力を語りつつ、ただ、作品としての『風と共に去りぬ』には実は極めて人種差別的な価値観があるから、そこのところは気を付けてくれというような感じのことも言ってた。

奈倉　**子供だからといってあなどらず**、事実を伝える。ほんと躊躇ないよね。

逢坂　うちになぜか親公認のカテゴリーとしてある漫画が、**ちばてつや**さんと**池田理代子**さんの作品だったんです。ちばさんのは、『あしたのジョー』とかじゃなくて、『**1・2・3と4・5・ロク**』とか。

奈倉　いまの読者にとってはマイナーかもしれないけど、通じるかな。

逢坂　マイナーってあなた、ちばてつや大先生だよ。

奈倉　そうだけど、いま『1・2・3と4・5・ロク』を探してもなかなかないじゃない。

逢坂　たまに思い返すんだけど、うちにあったちばてつやさんの漫画は面白かったなって。特に『**ユキの太陽**』。孤児院で育ったユキという女の子が、大金持ちの岩淵家に養女としてもらわれるんですね。そのユキという子はものすごいおてんばで……最初、一人称は「俺」だったと思う。男の子みたいにふるまうし体動かして遊ぶのが大好きっていう、いまにしてみると先進的なキャラクター造形なんです。感情が高ぶれば人をシャベルでぶん殴ったりする。岩淵家にはユキと同い年の病気を抱えている女の子がいて、いわば深窓の令嬢という感じのその子とともに楽しく遊び、なにかを学んでいく。やがてユキは北海道に自分のルーツを求め、岩淵家にも災難が訪れる。

奈倉　ユキのルーツはアイヌなんだよね。北海道のちいさな教会でたまたま木彫りのマリア様を見つけて「どこかで見たような顔だな」ってはっとして、それがほんとうのお父さんが彫ったものだったんだっけ。

逢坂　そうそう。その前に北海道の教会の写真に無性に懐かしさを覚えて、岩淵のお父さんの北海道出張に無理矢理ついて行っちゃう。実のお父さんは牧場で馬を育てている。馬主はいまもってアイヌを差別しているとかのなかなかシビアな話をしてるんだけど、すごく面白くて。あれ、実は宮﨑駿さんがアニメ化する企画が昔あって、その幻のパイロットフィルムを見たことがあったんだけど、すごかった。

奈倉　これからでもアニメにしてくれたらいいのに。

逢坂　と、思うんだけどね。テレビシリーズでやるはずが、流れちゃったんで。『ユキの太陽』のあのユキが思いっきり宮﨑さんの作画で、魚を大量に担いで、ものすごい宮﨑駿っぽい歩きかたをしてる絵とか見たときに、「うわ、これやってほしかったな」って。宮﨑さんがよくやる、上体を起こしてガーッと走る絵とかが。ってなわけで、それはちょっと置いておくとして、あと歴史ものとしては池田理代子さんの『**ベルサイユのばら**』が置いてあって。

奈倉　歴史ものとして置いてあったのか（笑）。

逢坂　歴史ものとしてね（笑）。これらに関しては、親の世代から公認というか。

いい作品にも変なところはある

奈倉　でも、『ベルサイユのばら』が出てきたのは結構遅かった。私は覚えてる。「そろそろいいかな」みたいな感じで。最初はどこかに隠してあって。あれは親が若いころに読んだ世代で、大事に押し入れの天袋とかに取ってあったやつ。

逢坂　それが下りてきたんだ。

奈倉　私がそういうところを漁って、「いい本ないかな」っていうのをやってるうちに見つけたのかも。よく覚えてるのは、天袋に本がいっぱいあるんですよ。たぶんわざわざ子供の手の届かないところに置いてあるんだろうなと思いつつ、自分にとってはそれは宝の山だから、隙をみて脚立とか持ってきては文字通り背伸びして漁ってた。

逢坂　親はフランス革命が成立してからの後半の解釈がおかしいと思うとか、結構辛辣なことも言ってたな。

奈倉　王政というものに対する美化があるんじゃないか、とかね。

逢坂　だから、そういうのも無条件に、親が言う素晴らしい作品だからこれを読めと言ってるんじゃない。親の世代から受け継がれたものではあるんだけど、作品を批判的に見るということも教えてくれた。大絶賛と大酷評の両極しかないわけじゃなくて、**いい作品の中にも変なところはあるし、評価が低い作品にも思わぬ良さがある**よねというのは、当た

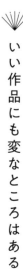

り前のものとして受け止められる読みかたができていた。

うちで公認されていた漫画の話をすると、どことなく偏った選別を親がしているように思われるかもしれないけれども、市場の選択というものが実はものすごく偏ったものだということを、親のほうがなんとなく分かっていたということなんです。男女の恋愛がイコール素晴らしいという価値観から入ってもらいたくなかったみたいだし、戦って勝つという価値観で男らしさが決まるわけでもないというのは分かっていた。いまにして思えばなかなか面白い文化への触れかただったんですよね。ただ、一個記憶としてはっきりしているのは、それで不自由さを感じたことがぜんぜんなくて。見たいんだけど見せてくれない、みたいなのはなかった。

男児は特撮モノが好きって言われるけど、僕は特撮モノもあんまり好きじゃなかったんですよ。ひとつだけ、『**特救指令ソルブレイン**』というやつがあって、それは幼稚園のころに大好きだった。この間ちょっと軽く検索してみたら、有名じゃないけど特撮モノの中では異色の作品だったらしくて。テーマが「人命救助」であったという。そういうものだから好きだったんだろうな。

両親はジェンダーについて「ああせえ、こうせえ」というよりかは、**ニュートラルなところから入るのが自然という視座を与えてくれた**。長ずるにしたがって、身の周りのギャップに気づいていくというか。大学生になってから、特に男子だけで固まっていると、

「なんでこんなろくでもない話をしたがるんだろう」というような違和感があって。のちにホモソーシャルに対する忌避感が自分に強くあったんだなということが分かったんだけど。高校生、大学生と進んでいくにしたがって、僕は男子だけがいる空間というのがすごく嫌いになっていっちゃったんです。**ものや人を粗末に扱う言動、危険なことをする言動がもてはやされて、男子しかいないサークルの中でのヒエラルキーが上がっていく**という。**非常に未熟で幼稚な価値観**だなというふうに思っていたから。その価値観というのは、たぶんいまに至るまで如実にいろんなものに反映されているとは思う。

周りに合わせると、一時的には楽だけど

奈倉　少し大きくなって周囲との価値観の違いに気づいていっても、周りに同調するわけでもそのことに悩むわけでもなかった。なんでかなって思うんだけど、両親が私たちの**将来というものに対して果てしなく大きな選択肢をくれていた**んだよね。「普通」とかいうことは考えなくていいから、もしなにか学びたいものを見つけたら、そこから本気でそれをやればいい、たとえば全教科の平均点を上げるとかそういうことは考えなくていいから、という……もちろん落第しちゃ困るわけですけど。ただ、本当に好きなものを見つけるにはどうしたらいいか、それを仕事にしていくにはどうしたらいいか、ということを真剣に考えていたら、周りの子と表面的にうまくやっていくというのはそんなに大事なことじゃ

ない。まずは自分がなにをできるようになるのかというのが大問題で。

私は自分はそんなになにかができるなんて思えなかったんです。どんな能力があってなにを伸ばしたらいいのかを自分で判断するのってすごく難しい。結局それで、わりと早い段階でロシアに行ってしまったわけですけど。そうしたら、向こうは向こうで、たとえば男女関係にしてもなんにしてもそうですけど、まったく別の暗黙の了解みたいなものがある。ロシアにはロシアの社会に刷り込まれた「普通」があって、それであらためて、日本で若いときに悩みがちな男女関係のルールも、絶対的なものじゃないんだってわかる。あの時期に**違う場所に身を置いてみた**ことで、自分がそれまでいた場所を含めどこの社会でも、人間関係のなかの**「普通」っていうのは、限られた時代や場所やグループのなかで作られたもの**なんだ、ってあらためて実感したんだよね。

逢坂　たとえば男女関係で、告白するっていうのは、カルチャーから逆輸入された謎の儀式のような気もする。あれって実はある時期まであんまりなかったと。普通になんとなく仲良くなって、気づいたら恋仲になってるっていうもので、というのをなにかの論説で見たことがある。ただ、儀式めいた、マニュアルのような、手順化されて、告白して両想いになって彼氏と彼女という関係になっていくという、なんとなく契約めいた男女のかかわりかたというのが若い世代にずっと根を下ろしていて。

奈倉　そうなんですよね。

逢坂　ある年齢を超えるとそうでもなくなるのかも分からないけど。そういうのもある意味文化からの刷り込みなのかもしれない。ともあれ、先ほどの話に戻りますと、確かにジェンダーのギャップに合わせたときに、周りに合わせると一時的に楽なんですけど、長期的に見れば、**自分の中の信念というものが死んでいく苦痛のほうが勝っていくんですよ。**この間、（哲学者の）三木那由他さんという『会話を哲学する』という本で僕の本を取り上げてくれたかたと対談したときも、そういうようなお話をしたんですけど。一時的には周囲がホモソーシャルならばホモソーシャルである側に身を置いて会話をしたほうが楽ではあるかもしれない。でも、やっぱり自分の信念が死んでいく苦痛というのはそれに勝るわけです。長期的に考えてみれば。結局自分が親からの影響というよりは、家庭環境であるとか、あるいは自分自身の持ち合わせた志向する方向から考えると、ホモソーシャル的な空間で形成される価値観というものには、そこに行きたいとは絶対に思わないわけです。合わせることはできるかもしれない。でも、合わせると本当に自分がみじめに思えて。

仮に四〜五人の男性のグループがいたとして、僕もそこに参加していたとしますね。そこで女性をただ性的に消費する対象としてのみ扱うような会話がなされていたとします。そこで場が盛り上がっていたとします。僕がそこの会話で盛り上がろうとしたならば、その価値観に合わせて会話に参加していかないといけなくなる。つまり、女性を性的な消費の対象としてのみ扱うような会話に参加して、自分もその価値観に適合しているというふうに示すことによって、ある種の仲間意識が芽生える。その意味で、会話の中に入れるし、コミュニティの一員としても承認されるような会話がなされる。しかしながら、それらの価値観が非常にくだらないものである、非常に唾棄すべきものであるという自分の中の価値観自体は決して覆されないわけです。そうしますと、結局周囲に合わせるために、自分が唾棄すべきというふうに考えている価値観をパフォーマンスしていることになる。それほどつらい状態はないですし、そういう**自分はみじめだ**と思うわけです。なぜかというと、内心ではくだらないと思っていることを、ただ周囲に合わせるためだけに演じて見せているわけだから。

ではどうしたらいいのかというと、別に周りに合わせる必要はないじゃないかと。そもそもあんまり人に合わせるということ自体が苦手だったということもありますけれども。そうすると、特にホモソーシャル的な狭い社会の中で、本当に小さなサークルのような社会の中で評価されること自体にはさほど興味がないのであるから、それよりも自分が適していると思える価値観の中で向上してゆくほうが向いている。それが自分の考えかたでした。だから、男性社会的なところからジェンダーに突き当たると、結局ホモソーシャルに適合できるかという話が最初に来てしまうんだけど、自分はやっぱり適合すべきではないと思ったと。二十歳を過ぎてからかな。

ジェンダーとかフェミニズムとか言葉で理解できるようになったのはさらに後。それまでは**フェミニズムって自分は当事者になれないものだと思っていましたから。**フェミニズムが女性の権利獲得運動を指すのであれば、男性のほうからそこに関与できる問題じゃないんだと。最近**フェミニズムは全ての性別の平等さを追求する理念**だと考えられるし、**性別は二つではない**し、当事者になれないかといわれればそうでもないなと思ってきた。ホモソーシャルに適合しようとするのは、いまからだったらもう**死んでも嫌**ですね。

その子のことが好きだから一緒にいる

奈倉　私はあんまり女子同士の集団というか、いわゆる女の子グループみたいなところにはいなかったんだと思います。仲がよくなれそうな子がいたらその子と仲よくなる、あくまでも人間関係って一対一というか。別に三人仲良しでもいいんですけど。たとえ三人仲良しでも「グループだから一緒にいる」じゃなくて、あくまでも「**その子のことが好きだから一緒にいる**」っていうほうがよかった。だから、ときには「あんまり友達いないな」ということもあって、「このクラスには仲のいい友達はいないけど、隣のクラスにひとりいるからまあいいか」とか、そういう状態もあったわけですけど。でも、なんとなく気の合いそうな子を見つけて大事にしてると、だいたい誰かしらできるんですよ。心の支えになるような友達というのは。逆に「**絶対に気が合わなそう**」**と思ったのに、いつのまにかいちばん仲がよくなっていた**こともありましたけど（笑）。だから、そういう感じでいいかなと。ロシアにいたときもそうですけど、すごく仲のいい子ができて、その子と一対一の関係としていろんな話をして。だから、別に全員と仲良くならなくていいしと思ってた。これは特に教わったりしたようなことではないですけど。でも、グループグループしてるグループが苦手だったというのはあるのかもしれないです。休み時間ずっと一緒にいなくてもいいでしょっていう、ちょっとした距離感みたいなものはあって。あと、休み時間の過ごしかたというと、私はもう図書室直行だったんです。昼休みもすぐ図書室に行っていたから、誰かと一緒にいなくてもいい。小六のときに、図書室が一番上の階にあったんですけど、その上に屋上に続く階段があって、その屋上と図書室の間の踊り場みたいなところに本がいっぱい置いてあるんです。

逢坂　ああ、分かる。

奈倉　あんまり貸し出されなくなった古い本が置いてあって、それがいわゆる昔の世界文学全集系のやつだったんですね。名前を聞いたことはあるけどうちにはない本もあって、こんな素晴らしい本がいっぱいあると思って、そこの誰も行かない踊り場から「これ、借りれるんですか?」といってカウンターに持っていったら、司書さんが喜んでくれて。よく覚えているのは、「うちの子もゆりっていう名前なんだけど、あんまり本を読まないのよね」ってぽつりと言われたことがあったな。だから「じゃあ私がどんどん読まなきゃ」ってなった――わけでもないですけど、世界文学全集にはまって次々に読みました。

逢坂　確かにそういうところで、たとえば階段に座り込んでしばらく休み時間ずっとそこで読んでたという記憶もありますね。

奈倉　やっぱり**本があればあんまり孤独じゃない**よね。

逢坂　のちになって、自分たちの世代からもっと下、いまに至るまでずっとそうなんだけど、「友達いない」で悩んでいる若者がすごく多いというふうに聞いたときに、「そこ、そんなに悩まなくていいんだけど、大変だな」って思うようになりました。というのは、別に**友達がいないというのはぜんぜん悪いことじゃないし、孤立することだって悪いことじゃない**わけです。社会に出れば同僚と良好な関係を築けないと辛いけど、それだって別に同僚と友達にならないといけないわけじゃないでしょう。そういうことで悩まなきゃいけない人って、友達がいなくてなにか具体的なことに困っているというよりも、友達がいないとみなされることがとんでもなく苦痛であるように見える。でも、なにかに打ち込めることがあったりとか、自分が心地いいという感覚があれば、実は別に友達って必要ないんです。だって、友達ってのは、その人たちとともになにかを成し遂げるとかそういう関係性じゃないわけだから。その辺もわりと親としては放っておいてくれたな。

奈倉　そのときは別に信念を持って「こうするぞ」と思っていたわけじゃないけど、最近になって思うのは、好きなことをやっていてよかったなというか、本当にそれをずっとやっていると、そのうち自分みたいな人に出会える。なにはなくとも本を読んでいたいような人たちと出会う機会が増えるようになって、「あ、いたいた」っていう。

これは人によって、**本じゃなくたっていい、小説じゃなくたっていい**わけです。本当に「これは」と思うようなことをずっとやっていたら。子供のときにはもちろん将来のことなんて遠すぎて分からないし、見えてこないかもしれないんだけど、**好きなことを楽しんでやっていると、いつか同じような人に出会える**んだよ、というふうに子供たちに言いたい。

逢坂　孤立を恐れずに育てられた価値観こそがその人にとって大切なことであるし、そこで共鳴し合える人にいつか出会えるとしたら、それっていうのは目先の友達よりもとても大切なものですよね。いま、若い人にとって周りに合わせていくこと、社交的であることを強いられる力は、**僕らの時代の比じゃない**よね。SNSでつながることを強制される社会というか。大変だろうとは思うけど、たとえば「小説を読んでます」とか、まして「書いてます」なんていう人は変なやつだと思われるかもしれないけど、そういうところから案外面白いことを始める人が出てくるし。

奈倉　SNSに関しては、やっぱりわれわれはなかった世代だよね。要するに、私だと中学生ぐらいでようやくポケベルを持っている子が少しいて、その後ようやくPHSができて、電話を個人でかけられるようになって。当時はすごいことだったわけですけど、でもそれはやっぱり用事があってかけるものだった。いまみたいに四六時中、同級生や同じ趣味の友達とかの存在をずっと気にしなきゃいけない状態というのは、気が休まるひまがないんじゃないかって。

逢坂　ちょうど僕はその間の世代だから、SNSはなかったけど、高校でもうみんな携帯を持っていて。僕は確か高校を出る直前に持ったんだよね。それまで持ちたくないって言ってた。たぶんそういうつながる社会みたいなものを拒絶していたんだと思いますけど。持ってなければメールするだのしないだのという話にはならないわけだから。実際いま、**中高生のころで、連絡のつく人って一人もいない**ですね。際立って仲良かった子もいないです。ただ、それを苦だとも思ってなかったし、いまもってまったく苦ではない。

奈倉　私は小学生のころからの友達もいまだにいるけど、むしろ連絡手段が手紙しかないから見失わないようにするというケースもあるよね。ひとりの時間といえば、小学校三年生のころ、たぶん数えてみればほんの数日だけど、微熱が続いて学校を休んだことがあって。そのときに、父が「僕もちょうどそのぐらいだったな」とかいって、すごい嬉しそうにしてるんだよ。聞いたらちょうどそのぐらいのときに父もたまに熱で学校を休むことがあって、熱を出すとお母さんが本を買ってくれるからそれが嬉しくて「熱が出た、熱が出た」と言って本を買ってもらったんだといって。「それがこれ」といって、当時の本を出してきてくれて。なるほど、と思って読んでいたら、まんまとはまりましてね。まんまと父の言ったとおりに、そのとき出てきた『トム・ソーヤーの冒険』とか『ロビン・フッド』とか『ウィリアム・テル』とかが大好きになってしまった。よく考えたら、学校を休んだのに親がそんなに嬉しそうにして本を持ってきてくれるっていうのはあんまり普通じゃないけど、嬉しいよね（笑）。

でも結局、「このまま休んで本を読んでいるのもちょっとな、学校にも図書室はあるし」なんて考えて、休むのはやめちゃって、それ以降はほとんど学校を休まなくなったけど。

ゲーテが言ってるんならいいんじゃない？

逢坂　そういえば、お互いに好きな本の話をしたことはあまりないよね。

奈倉　ないね。

逢坂　『りぼん』は若干あったかも。

奈倉　『りぼん』は若干あったかな……。でも『りぼん』ってやっぱり自分にとっては、友達がすごく熱中して読んでいて、その子とお話ししたくて読んでいたから。ほんとに好きかって言われると、「そこまで……」というような。

逢坂　その結果として、常に小学生のころから批評的な読みかたをしていたんだよね。

奈倉　どうしてもね。

逢坂　「またこれかい」みたいなのが始まったりもするし。

奈倉　そうそう。

逢坂　ある時期から、物語の先の展開が読めるということがやたら起きるようになっちゃって。小説の話にしても、僕がたくさん小説を読むようになってからも、向いている方向はだいぶ違うと思うので、「あれよかったですね」と話した小説って、いままでに果たしてあっただろうか。

奈倉　あんまり同じ本を読んでないかもしれない。というか、お互いに読んでいる本を把握していない。

逢坂　『トム・ソーヤーの冒険』は僕も読んだけど。とにかく、なにを読みたいのかとかは本人に結構任せてくれる家だった。

　僕が戦闘機とかバイオレンスな表現が出てくる作品を好きになっていったのは映像からなんだよね。それだって、両親の思想を考えれば決していい顔はしてなかったんだけど、無理に観るのを止めようともしなかったんですよ。なんでかというと、**僕が内容を理解しているということはなんとなく分かっていたん**です。暴力的な描写を含む映画をわりと観るようになったとしても、暴力そのものを信奉しているわけではないということは親にもたぶん伝わっていたと思う。戦争映画を観たりするというのは、たぶん親からすると理解不可能な趣味のありかたであっただろうけれども。二人ともぜんぜん観ないし。ただ、戦争映画を通じて、まだ言葉にできない戦争についてのなにかをつかもうとしているということはたぶん伝わっていたと思うんです。それが自分にとって理解不可能な範疇のものであったとしても。中学生になったあたりから、戦闘機の資料とかを集めて型番とかが言えるようになったりして、父によく指摘されたのは、**「君は思想と趣味が全く乖離している」**と。「致命的に乖離している」というふうに言われて。

奈倉　言ってた言ってた（笑）。

逢坂　「どうしてそんなに乖離した状態でいられるのか分からない」というふうに言われて、「それは自分でも分からないんだ」と答えていた。ただ、その乖離を抱えている状態に、たぶんなんとなく意味があると思っていた。

奈倉　そうですね。きっと自分でも、すごく考えたと思うし。**本ってすごく思考に近いん**ですよね。人間の思考に一番近いものが文字であるというか、文章というものなんですけれども、**映像ってそれに比べると格段に現実に近い**というか、見ているものですよね。目に映るもの。で、「なにを考えているか」というのと「なにが目に映るか」というのは、根本的にやっぱり違うもので。

本って**人間の現実の記憶に近い世界が頭の中にひとつできる**でしょう。好きな本の場合は、自分が安心できる記憶、**いつでも帰って行ける場所が読書によってできる**。それって、たとえば現実の大事な友達との楽しかった思い出とか大事な話をした記憶とかと、記憶という次元で考えたらそんなに別のところにあるわけじゃない。人生で大変なことや困ったこととかがあったときに、「あの子ならどう言うかな」って考えるのと同じように「あの登場人物だったらどう言うかな」とか、「あの作家だったらどう考えるかな」と考えられる。本を読んでいるとその参照する場所が増えていく。好きな作家がいると、「こういうとき、ゲーテだったらこう言うだろうな」とか。思春期のころなんて特に、生きていくうえでのいろんな「いいわけ」というか、「心の逃げ道」が必要になってくる。たとえば私は**昔もいまもあんまりニュースを追わないい**んです。だから新聞やテレビでなにが話題になっているかを知らない。「人の話題についていけなくて不安にならない?」って言われることもあるけど、私が中高生のころに愛読していた新潮文庫の**『ゲーテ格言集』**のなかに、「新聞を読まなくなってから、私は心がのびのびし、ほんとに快い気持でいます。人々は他の人のすることばかり気にしていて、自分の手近な義務を忘れがちです」っていう言葉があって、「ああ、それでいいのか」と安心した。**「ゲーテが言ってるんならいいんじゃない?」**と。

逢坂　いまのお話で、僕は友達という存在についての話をしたけれども、人間関係で常日ごろ人が求めているものって、自分と共感できる相手と語り合えることであるとか、その反対の未知の価値観の持ち主と出会って、「世の中にはこういう人がいるのか」という驚きを得たりすることだと思う。そういう体験は、実は小説でもできるんですよ。特に若い子はそうだけど、なにかの必然性を持ってない学校のクラスなど、生身の人間関係だけに依拠して生きるのは、結構しんどいことです。無理に友達をつくらなくても、小説の登場人物の心情やその小説の作者が描かんとしていることに対して共感したり、あるいは新たな知見を得たりということが可能だと思うんです。本を読むことが、生身の人間関係とは違うものを提供してくれる。本自体が友達でもいいんだと僕は思います。

奈倉　私の中高生のころの読書の傾向として「なにかを教えてくれる人」がいいなというのがあって、それで**ゲーテ**と**トルストイ**が好きだったんです。タイプは違いますが、二人とも倫理観とか人生観みたいなのがしっかりあって、読者を導いてくれようとしているのがわかるんですよ。『ゲーテ格言集』は暗記して、好きな言葉を見つけると頭のなかで繰り返してた。「人間はけだかくあれ、情けぶかくやさしくあれ！　そのことだけが、われらの知っている一切のものと人間とを区別する」とか。あと、自分の迷いや葛藤をつぶさに見せてくれるところが好きで。作家が身をもって人間の弱さについても一緒に考えてくれる気がして、読んでいてありがたかった。**誰よりも頼れる先生**みたいな、そこに安心感を求めていたところがありましたね。

逢坂　僕が中高生のころにすでにそういうお話をされていたような記憶が。

奈倉　そういう話ばっかりしてました。

逢坂　家で格言集を引っ張ってきて、「これこれこういうことを言ってる」と。

奈倉　そうそう。

逢坂　なかには、ものすごい普通の内容で、なんでこれが格言なんだというものもあって。

奈倉　「ふとんの長さに従ってからだを伸ばさぬ者は、足がむき出しになる」って書いてあって、「これ、どこが格言なんだ」と（笑）。比喩なんでしょうけど、なんか独特だし、翻訳はこれでいいのかな、とか、ゲーテも寝冷えしたのかな、とか考えて。『ゲーテ格言集』は面白いんですよ。選者がこれは面白いと思ったものをなんでもかんでも引いてくるので、「すごくためになる、いい言葉だな」と思うものから、「どうしてこれを格言として引用したんだろう」みたいなものもある。

逢坂　愚痴みたいな、「市長がやる演説って本になったらたぶん大体誰も読まない」とか、そんなあるあるネタみたいなやつが書いてあった。

奈倉　よく覚えてるね、そんなこと。「ある大きな集会からある時、静かな学者が帰宅した。『いかがでした？』と尋ねると――『あれが本だったら、わしは読まないだろう』と彼は答えた」っていう。確かに、もし本だったら誰も読みたくない集会っていっぱいあるだろうし、ちょっとおしゃれな言い回しだよね。

逢坂　これ、実はいま近い感覚を持っている人って、僕の周りで見た範囲ではクリスチャンだったりするんですよ。どういうことかというと、クリスチャンにとっての聖書って、もちろん聖典であり、自分の宗教のありかたを定義するものなんだけど、クリスチャンの人たちが日常的にやっているのって、特に新約聖書において、イエス・キリストがなにを思い、なにを行動してきたかということから、イエス・キリストだったらいったいどのように行動しただろうかということが、よく聖書を持っている人が参照する考えかたらしいんです。「What would Jesus do?」だったかな。実際そういう一語で表すような言い回しもあるんだけど。結局それはなにかというと、行動規範としての聖書というものがクリスチャンにとってとても重要だということなんです。宗教と違って本の場合はそれを規範とするわけではないんだけれども、一つ自分の中での参照したい人物とか、規範としたい出来事とか物語でもなんでも自分の中に一冊持ったら、それがその人にとっての聖典になり得るというか。そういうときに、**一人になっても孤独じゃないというのは、常に参照できる聖典があり、モデルとなる誰かがいてくれるから**。そういうことじゃないかなと僕は思います。

奈倉　文学の場合は、聖書や聖典の範囲だけでなく、その世界が無限に広がっていく楽しみもあるかな。人生の師がいくらでも増やせる。それにゲーテともトルストイとも、ときには頭のなかでけんかをしたっていい。信仰じゃなく師弟関係、あるいは時空を超えた友情なので、「なーに言ってんだか」と笑い飛ばしたっていい。**教えを請うのも共感するのも反発するのも、全部読者の大事な権利**ですから。

逢坂　そうですね。僕自身はあんまり本や作家を友達とするような読みかたをしてこなかったのかも分からない。小説家を目指してテキストとして読む量が増えてから、そういう率直なあこがれって持ちにくくなったんです。感心しながら常に分析して読まないといけなくなっちゃったから。

ちっちゃいときから大塩平八郎の影響を受けてきた

奈倉　でも、もともとそういう傾向はあったんじゃない？　歴史の本が好きだったりするのって。知識を得られる本が好きだった。

逢坂　そうね。歴史上の人だったら、それこそ「**大塩平八郎だったらどうしたんだろうか**」みたいなことは考えたかもしれない。結構自分の人格形成に大きなウエイトを与えた歴史上の人物が大塩平八郎だった。

奈倉　昔、すごく大塩平八郎の話をしてたもんね。本当にちっちゃいときからだよね。

逢坂　そうそう、ちっちゃいときからね。まあ、最近さすがにそうでもないんだけど。大塩平八郎の思想の根幹をなす陽明学とかまで十分理解が及んでないなということには気づいた。それでもなんで大塩平八郎が好きだったかというと、日本の歴史上類を見ないタイプの人物だから。あの人は大坂町奉行の与力で、階級のエリートなわけです。つまり別に努力しなくてもいいポジションにいたし、圧倒的に恵まれている立場にいた。ただ、思想家としての大塩平八郎には、「知行合一」という主題があった。「知行合一」というのは、知っていることと行うことは一致しなければならないという意味です。ということは、いま、目の前に飢えている人々がいるのに救えないなら、思想家として自分の学んだことは無駄になってしまう。だから、米不足の原因が、豪商による米価つり上げを狙った買い占めだということを分析し、救貧のための計画を立案して、町奉行に提案したりするんです。そのときの町奉行が跡部良弼《よしすけ》という悪名高いやつなので、ぜんぜん駄目なんだけど。でも、その後、鴻池善右衛門に接近して救貧のための資金調達を試みたり、蔵書を処分したりとかいろんなことをやって、最後の最後に、これはもう武装蜂起して豪商らを討ち取るほかないと決断する。蜂起自体は短時間で失敗し、幕府は情報を統制しようとするけれど大塩平八郎の書き残した「檄文」が人から人へ伝わり、大塩平八郎の死後、各地でそれに影響を受けた打ち壊しや一揆、生田万《いくたよろず》の乱という別の蜂起が起きる。のちの「蛮社の獄」でさえ失脚工作に用いられる根拠の一つが「誰々は大塩平八郎と連絡を取り合っていた」だったりする。つまり死してなお幕府にとって恐怖と衝撃を与え続けた。そのありかたにものすごいあこがれを感じた。

奈倉　本が書けそう。

逢坂　まあ、だいぶ厳しいかな。一応先行作が長編小説であるんだよね。

奈倉　先行作があっても、小説なんだからいくらでも書いていいと思う。

逢坂　まあ、機会があればいずれまた。

奈倉　楽しみにしてます。

面白いなと思っていることすら忘れてしまう本

逢坂　最近は本当に、**小説家が小説を読むって大変だな**と思うようになってきた。この考えかたはちょっといただこうかなとか、この言い回しは面白いなというようなことを常に考えながら読んでしまうから。小説家ならではの楽しみかたをしてるとも言えるんだけど。

奈倉　私は分析して読まなきゃいけない意識は、論文を書くときなんかはある。でも、やっぱり本を読んで一番面白いときって、本のなかに入っていっちゃうときなので、そういう読みかただけは失いたくない。文学大学でたくさん小説を読んでいたときも、目の前に見える瞬間というのをずっと探し続けて本を読んでいた。書いてあることが本当に目の前に見えているような感じで読んでいるときが一番楽しいから。だからいま、『文學界』に連載している「**ロシア文学の教室**」も主人公が小説のなかに入っていっちゃうんですよ。ちょっと不思議な力を持っている枚下先生が、強制的にみんなをその状態にしちゃうわけです。もちろん私はそんな授業はできませんけど、ただ、あんな人がいたら面白いかなと。たとえば、「小さいころは本のなかの世界が見えていたけれど、もうそういうふうに読めなくなった」という人って、文学研究者でもいるんですけど、もったいない気がするんです。先生ならそういう人も強引に本のなかにひっぱっていける。

逢坂　それはそうだろうなと思って読んでます。でも、実際にそう。いまでももちろん面白い小説に会うときというのはそういうことになるんだけど。究極的に本当に面白いときというのは、小説を読んでいる自分というものを忘れてしまう。**いま、小説を読んでいるという自意識が消滅する。**

奈倉　ほんとにそう。

逢坂　読んでいる先の小説の世界が現実の世界に取って代わるから、いま自分が小説を読んでいるという意識がどこかに消えちゃうんです。小説の開いている紙のふちがあるとしたら、その外側がもう見えなくなっている。だから、それが電車とかで起きると大変なわけですよね。

奈倉　（笑）。でもその瞬間を求めてしまう。私は小学校のころも、通学路を歩きながら本を読んだりしてたんですけど。

逢坂　二宮金次郎みたいに。二宮金次郎は読書を楽しんでるわけじゃないけど。

奈倉　いわゆる二宮金次郎状態なんですけど。でも、それは別に勉強したくてやっているんじゃなくて、そこから出てこれないみたいな。

逢坂　閉じられない。

奈倉　自分が他人にどう見られているとか、どころの話じゃなくて、自分自身もいなくなっちゃうんですよね。

逢坂　そうそう。本の世界以外が消滅しちゃうから、ある意味自我もなくなっちゃう。

奈倉　車に轢かれないようにしなきゃいけないけど。

逢坂　面白いなと思ってることも一回忘れちゃうというのが。究極読書体験に没入しているときはそういう状態。

奈倉　ちなみに、最近そういう体験した本はある？

逢坂　直近だといろいろあるんだけど、**小川哲**さんの『**地図と拳**』はすごかったなと。引っ張り込む力がね。有里先生と読書傾向がぜんぜんかぶってないじゃん。

奈倉　かぶってないですね。いや、私はロシア語中心だから当然といえば当然だけど。

逢坂　あとは**青崎有吾**さんの『**11文字の檻**』という短編集。基本的には青崎さんはミステリー作家なんですけれども、趣向が全く異なる短編が八本入っている。特に面白かったのが、福知山線脱線事故という平成にあった大事件をモデルにした巻頭作の「加速してゆく」と、最後の「11文字の檻」。これは表題作ですけれども。ディストピアSFでありミステリーなんです。主人公は「公序良俗に反する小説を書いた」という理由で投獄されていて、解放の条件は「秘密のパスワードを当てること」。で、そのパスワードは11文字あるということだけが明らかになっている。あとはなにもヒントはない。常識で考えたらそんなの解けるわけないんだけど、なんとかかんとかそれに挑戦して解読して出ていこうとする。そのスローガンのなかに、このディストピアが置かれている状況みたいなものがうっすら読み取れるようになっていたりする。「なるほど、この手があったか」という気持ちになる。

奈倉　面白そう。

逢坂　あと、これは本当に読んで面白かったなと思っていたら、著者の**宇野碧**さんと対談することになった『**レペゼン母**』。六十代のお母さんがラップバトルに挑むという変わった筋書きの小説で。ラップバトルってビートがないと成立しないから、いままで小説でやった人ってそんなにいないと思うんだけど、今回はすごくうまくいってたな。小説現代長編新人賞の受賞作です。

奈倉　けっこう書評の仕事とか来てますか？

逢坂　書評は一時期来てた。いまはそれほどでもないけど。このあいだ『**音楽は絶望に寄り添う**』という本の書評を頼まれて。ショスタコーヴィチに関する生真面目な、メンタルと音楽ということについての本なんだけど。なんで僕がショスタコーヴィチ？　と思いながら、一生懸命読んで書いた。

本への没入体験といえば、僕が最初に「これは文章の世界に行きたいな」と思ったのは、**ジョン・ダワー**さんの『**敗北を抱きしめて**』だった。読んでいる間、現実を忘れてしまう。なにが面白いのかよく分からないぐらい文章が面白い。あれは難しい本なんですけど……難しくはないか。真面目な本なんですけど。終戦直後の日本というものがいかにして民主主義を受容していったかというのを、さまざまな文献を紹介しつつ、下層階級から高級官僚まであらゆるレイヤーに焦点を当てながら次々と描き出していく。「アメリカに押しつけられた民主主義」とか「敗戦により価値観が一変した」といった通俗的理解を退けて、戦後日本が主体的に「敗北を抱きしめて」民主主義を獲得していく、その時代特有の熱気が伝わってくる文章だった。

奈倉　小説じゃないもので本に入り込めるタイプの本って、見つけるとまた別の嬉しさがありますよね。そういう本への没入って、目の前に景色が見えるとかそういうことではないんですけど、頭がそっちに入っていってしまうという。私は大学時代だと、著者はバフチンなのかヴォロシノフなのかという論争がいまだにある『**マルクス主義と言語哲学**』という本。日本語には桑野隆先生が訳していて。小説以外で最初に没入した本のひとつ。

逢坂　改訳版が出てるんだね。

奈倉　私は大学時代だったのでロシア語で読んでいたんですが、これは私が研究をやろうと本気で思うようになったきっかけの本でもある。いま話しているような、言語と小説世界との関係の根っこにある、**言語という記号を手掛かりに世界を構築するというのはいったいどういうことなのか**ということを、すごく細かい単位まで分析していくという研究の先駆けになった本でもあって。そのあとは**テリー・イーグルトン**とかそのあたりをたくさん読むんです。もちろん目の前にシャーウッドの森が開けたり海が開けたりする世界ではないんですけど、思想のなかでの森が開けたり海が開けたりする。ずっと気になっていた、それこそ「言葉ってどうして小説になって世界ができていくんだろう」というようなことの理由や構造のほうを解き明かしていってくれる。

逢坂　えらい思想のものを読んでいるな、という気持ちから、思想そのものを浴びているような気持ちになるというか。

奈倉　そう。ある瞬間につながっていく。ずっと考えていたことが「ああ、ここに向かっていたのか」みたいな。でも、この話は抽象的な説明になっちゃうので面白くないかも。

逢坂　自分の理解が文章により体系化されるみたいなことはあるのかも分からない。

奈倉　小説だと現代小説も読むんですけれども、**昔好きだった児童小説やYAの作家はいまでも読みます**。たとえば『**宇宙人のいる教室**』。これは**さとうまきこ**さんという作者で、この人の本を私は小学校三年生くらいのころに図書館で片っ端から読んだんです。その世界がすごく好きで、ずっと追っていて。いちばん有名なのだと、『**ふたりは屋根裏部屋で**』とか、『**9月0日大冒険**』とかが、いつも夏休みの課題図書とかに入っていたと思う。**好きになると、ずっとその人ばっかり読んじゃうん**です。

角田光代作品のすごさ

奈倉　ロシアから帰ってきてからだと、**角田光代**さん。長編はほぼ全部読んじゃいました。最初に『**八日目の蟬**』を読んで、それこそ本当に「**私はこの人か**」というような。角田さんじゃなくて主人公になっちゃう。日本語の世界で小説世界に入り込むという体験がすごく久しぶりだったんですよ。ずっとロシア語で考えて、ロシア語の本ばかり読んでいたので、どこかで日本語の本の世界に帰らないといけないと思っていた。文学作品の翻訳をするつもりだったので、ロシア語の小説を日本語にするからには、日本語がめちゃくちゃだったら翻訳できない。だから、ちゃんと読者を引き込むような小説の作りとか、世界を映しだす日本語ってどうしたらいいいんだろうと図書館でいろいろ探して、それで角田さんを見つけた。

逢坂　この間、ご本人にお会いしましたよ。軽くあいさつしただけだけど。直木賞の二次会で。そのことをお伝えしておけばよかったですね。

奈倉　いやいや。私はサイン会に行きましたけど。**生まれて初めてサイン会に行ったん**です。丸の内の丸善で角田さんの猫の本のサイン会をしていて。ちょうど新潮社のナボコフ・コレクションで**ナボコフ**の『**マーシェンカ**』の翻訳を出したところだったので、それを差し上げようかなと思って鞄にしのばせてたんですけど、いざ目の前にしたらおこがましい気がしてしまって訳書を渡す気になれなくて、ただサインだけしてもらった（笑）。なのでたぶんご本人を前にしてもなにもしゃべれない。角田さんはファンのみんなに「おみやげ」って、凍らしてシャーベットにして食べる日本酒のパックを配ってくれて、大事に食べました。

逢坂　つてをたどって本人に会えないかね。対談の仕事とか。

奈倉　いやいやいや。お会いできるかもしれないんですけど、お話しできる自信がない。

逢坂　ああ、そうなんだ。

奈倉　角田さんは読者が本のなかに入っていくための導入を、理想的なかたちでやってくれるというか。本当に魔法にかかる体験をいつもしちゃうんです。角田さん自身もどこかで、本のなかに入っていくのがすごく好きだということを書かれていて。やっぱりそういう体験をよく知っている人なんじゃないかなというふうに思います。あと、最新作の『**タラント**』が、ロシアとウクライナの戦争が始まる三日前が発売日だったんです。発売日に買って二日くらいかけて読み終えた瞬間にキエフ爆撃が始まった。それをなんでこんなに覚えているかというと、『タラント』は、大学生ぐらいからボランティアとかをして、紛争や貧困で学校にいけない子供がいるとか、そういうことを考えながら一緒にサークルをやっていた学生たちがどう育っていくかを書いていて。私と同じぐらいの世代の主人公たちが、その記憶を抱え続けて悩んでいたり、メンバーによってはフォトジャーナリストになって活躍していたり、彼らの生きかたと世界の社会問題のつながりを書いていくんですけど、やっぱりすごく優しいんです。たとえばそういった問題について、どうしても自分の目の前にある問題や私生活のことばっかりになっちゃうことに対してふと罪悪感を抱いてしまうとか、そういうことっていろんな人に普通にあると思うんですけれども、「じゃあどういうふうにだったら自分はかかわっていけるのか」って登場人物が考えていく様子がすごくリアルで。中高生のころに、戦争や世界の不平等について議論した友人たちのことをなんかも思いだしながら読みました。

逢坂　角田さんの『タラント』、本当にこれ……他人事とは思えない小説だった。おじいさんが戦争経験者だったりとか、大学でボランティアサークルにいたりとか。

奈倉　私も読んだとき思い出してた。逢坂さんが大学でこういうことやってたな、って。

逢坂　ボランティアサークルのリアリティがすごい。

奈倉　大学のね。そうそう。

逢坂　結局ボランティアに行った人って、みんなどことなく自己言及するのよ。ボランティアとはそもそもなんなのかということを。なんでかというと、現地に行くと圧倒的に**関係が非対称的だということが嫌でも見えちゃう**から。ものすごく貧しいところで意味のある活動をしようとすればするほど、自分たちの恵まれている背景をもとにボランティアとして現地に行くというのはいったいどういうことなのか、ということを考えざるを得ないんだよね。普通に考えたら、それってある種の「施し」という概念になっちゃうんだけど、自分が施しをしていると認識することに対して、現代日本人は強烈なまでの忌避感がある。だから、なんとなく非対称性を打ち消そうとしているなというふうにみんなを見ていて思っていた。僕はボランティアサークルの一員じゃなくて、それに便乗しただけだったから、そこまで突き詰めて考えるということはしなかったけれども、結構な人たちが自分の体験をまとめて語るときに、こういう語りに行くんです。要するに、自分たちはボランティアとして現地に行ったけれども、現地でいろんなことを学ばせてもらったんだと。だから、われわれはいろんなものを学んで持って帰ってきたんだんだから、決して一方的になにかをしてあげているんじゃないんだと、関係性をなんとかイーブンに持っていこうとするような語りが非常にしばしば見られることに気がついたんです。これはある意味では、施しをする側という立場からの逃避なのかもしれないというふうに思っていた。

そういう「自分たちはなにをしたのか」を真剣に考える場から、ジャーナリストを目指す人が現れるのも本当に分かるし、写真家になる人が出てきたり、そうかと思ったら就職したらラジオ局という普通のところに行っている先輩に対して後輩がキレているとか、ものすごい分かる。「就活」という通過儀礼を経て社会に還元されていくと、あんたなんでよりにもよってそんなところに行くのよ、という人もたくさん見てきたし。そこで意地を張って、と言ったら非常に聞こえは悪いけれども、自分の関心事を貫いて生きていくと、自分もそうだったけど大変しんどいわけです。そのしんどいほうを貫く立場の人たちを見てきたから、これ、僕、出てないかな、と思って。この小説の中に自分がいるような気がする。

奈倉　角田光代の魅力はそこなんだよ。「これは自分だ！」って思っちゃう。私なんか**角田**

さんの作品の一部を自分の記憶だと勘違いしてるかもしれない。

逢坂　大学生のパートでボランティアサークル、麦の会にいたような気がするもん。で、（登場人物の）宮原（玲）さんに怒られたような記憶があるんだよ。一生懸命分析的な文章を書いてる僕を、宮原さんが「お前はただ分析するためにここに来たのか」と言っていた。

奈倉　そうそう。

逢坂　そういうところが。ただ、やっぱり個人的な体験とすごくリンクしすぎていて。しかも、僕はキリスト教系の学校を出てるんだよ。だから、麦の話もタラントの話も何回も聞いた話であるから、ウーン、という。自分も大卒後にあんまり普通じゃない生きかたを結果的に選んでいるから。

奈倉　新聞連載だったんですね。それで、たとえば『八日目の蟬』の雰囲気よりは穏やかな書き心地なんです。ひとつひとつの章が。でも穏やかなのにそれがずっとすごいの。

逢坂　自分にとっては**月村了衛**さんの『**機龍警察**』がエポックだったなとは思うけど、有里先生に『機龍警察』の話をしてもしょうがないし。

奈倉　お名前だけは……。お名前だけじゃだめですね。

逢坂　日本においてあれほど冒険小説というものをいま実現できるという人がいるんだということにまず驚いたし。ドラマチックという意味ではあれ以上ないほどドラマチックなんだけど。**こういうのって小説でやっていいんだ、**というような気持ちにはなったんですよね。読んでいる自分を忘れた小説と言えばあれ。特にシリーズ二巻目の『**自爆条項**』で、背景の人物の描きかたがものすごくうまい。普通にいい場面だなと思って読んでいたところが、どれも伏線になっていてそれらが回収されていくところの心地よさとか。主軸としては、来日するイギリスの要人をIRAの残党というか急進過激派「IRF」が狙うという、本当にテロ小説です。その背景に人間の孤独とテロリズムという非常に現代的なテーマを内包している。そういうところで自分にとってはエポックだった。

奈倉　ちなみに、さっき話したさとうまきこさんの『**ぼくのミラクルドラゴンばあちゃん**』は小学校中学年くらいから読める本で、四年生の主人公が夜バスに乗って空を飛んだりするポップな展開なんですけど、そのなかでやはり死者の記憶をひもといていく。デビュー作の『**絵にかくとへんな家**』はベトナム戦争の脱走兵が子供の目から描かれて、『ふたりは屋根裏部屋で』では、主人公が屋根裏部屋で戦時中の女の子と交流する。さとう先生は、子供の不思議な体験を通じて他者が持つ戦争の記憶をやさしくかつ本質的に描くということを、児童書の世界でやり続けている人だと思います。

逢坂　一九四七年の生まれ。

奈倉　さとうまきこさんのお父さんの**佐藤功**さんは憲法学者で、日本国憲法の制定作業にかかわっている。『**憲法と君たち**』というのが復刊されているはずです。これは、日本国憲法が新憲法と呼ばれていたころに書かれた、子供用の憲法の本なんです。なのに、まるで現代を予見するかのようなことが書かれている。

逢坂　この時期の日本はいい本がたくさんあるんですよね。文部省が子供たち向けに出した**『民主主義』**という教本とか、こういう趣旨のやつは。

奈倉　そうそう。

逢坂　あっ、『憲法と君たち』、木村草太さんが解説して復刻してる。

奈倉　私は、この本がまだ復刊されてなかったころ、読みたかったので国会図書館に行って読んで、これは復刊するといいなと思っていたので、復刊してすごく嬉しかったですね。

逢坂　こういう話、何時間でも話せるね。

PART 2 作家という仕事

literature

第二章では、お二人がそれぞれどのようにして作家・翻訳家といった書く仕事に辿り着いていったのかを語っていただきたいと思います。もの書きで食べていくことを夢見る人は多いですが、現実にはなかなか厳しいところもあります。作家という職業、本というメディアの未来について、どんな展望を持っているかもお聞かせください。（編集部）

デビュー作の初版が、「さ、さんまんぶ!?」

奈倉　逢坂さんがデビュー前にどんな作品を書いていたのか、私は知らないんですよね。

逢坂　僕は二〇〇八年あたりから小説を書き始めたのですが、最初は自分の書いている小説はライトノベルだと思い込んでいたんです。これにはわけがありまして。僕は小説を書くとどうしても長編になっちゃうんです。長編でデビューできてエンターテインメント性が高くてジャンルが幅広いところはラノベだろうと。当時、桜庭一樹さんとか冲方丁さんとか、ラノベのレーベルから出てきて一般文芸に移行して活躍する人たちがけっこういたので、自分もそのラインだと思ったわけです。ところが、**その後のラノベはどんどん一般文芸から乖離していった**。「明らかに違う。俺はここじゃない」ということに気づいたんですけど、大長編を書けて送れるところが見つかってなかったんです。その間に書いていたものはなにかというと、SFとか、冒険小説とか、警察小説とか。ラノベの世界って新人賞に応募すると評価シートをもらえるんですね。一次審査で落ちたものが、五項目五段階の評価で「一項目4・5であと全部5」だったことがあった。全部褒めてあって「でもうちじゃ無理」で終わってた。

それでKADOKAWAの『野性時代』とか新潮社の賞とかに出したら普通に一次選考は通るから、「一般文芸でいいんだ」と気付いて早々にラノベからは撤退した。でもやっぱり枚数規定の上限の壁は厳しいし、そもそも自分の書いている「ジャンル」がなんなのかが分からない。で、二〇一七年くらいになるといよいよ追い詰められて、わけがわからなくなっていたから、好きな小説をたくさん出していた早川書房に**勝手に原稿を送りつけたん**です。送付状に「早川書房のこういう小説が好きだけど早川書房で応募出来そうな新人賞がみあたらないです。読んでください」と言って。そうしたら返事が来て、「これ、アガサ・クリスティー賞の応募作にしてみません？」と。もちろん、そのあとは一介の応募作として普通に審査されるだけだけど、という感じで。そのときに書いていたのは、国家権力というものが衰退したパラレルな現代を舞台にした海洋冒険小説。公海上は完全な無法地帯になっているから、近代的な装備で武装したジェット戦闘機乗りが海賊として商船に襲い掛かっていく。で、それを守るための保険制度に基づいて、賞金稼ぎがやっぱり近代的な超音速戦闘機で武装して戦っているという話。「アガサ・クリスティー賞ですか？　あれが？」と思わず言ったんですけど。

奈倉　ミステリではないんじゃないか、という。

逢坂　そうしたら、担当のかたから「まあまあ、それは分かるんだけど、**冒険小説というものをうちはミステリの範疇ととらえてます**。あなたが好きだと送り状の中で挙げてくれた**月村了衛**さんとか、**宮内悠介**さんとか、**伊藤計劃**さんとかの作品は、冒険小説ととらえることもできる。それであれば、アガサ・クリスティー賞の対象だから送ってみてくれ」と。「北上次郎先生とかが好きそうだし」と言ってくれて。そのときは駄目だったんだけど、何回か後に出した『同志少女よ、敵を撃て』で受賞した。そうしたら、北上次郎先生が本当に大絶賛で。編集さんってすごいなと思いました。その経緯はともかくとして、出るところを探していったら一番いいところに行き着いたという感じ。結果的によかったな。プロを目指す過程としては、やたらと遠回りしたけれど、基礎訓練だけずっとやっていたような感じにはなったんです。長編を書ける体力だけは身についたし。

しかも早川書房の副社長が僕のことをかなり買ってくれたんです。で、全社プロジェクトみたいな感じでやって行くことになった。いろんな小説家のエッセイとかを読むと、無名の新人は大体三千部から始まって、五千部だったらなかなか頑張ったほう、八千部行くとすごいという話だった。それなのに、出版前のＺｏｏｍミーティングで担当のかたに「初版決まりました。三万部です」と言われて。「なんだいその数字は」と。ミーティングが終わって、比喩じゃなくて、パタンと後ろにひっくり返りました。発売されたら、書店の屋根からでっかいポスターが吊り下がっているし。

奈倉　私はなにも知らずに偶然友達と待ち合わせていて神保町の三省堂に行ったら、店頭から奥まで表紙の絵が並んでいるのが目に入ってきてびっくりしちゃった。

逢坂　そのお店に行って、「すごいですね」と早川書房のかたに言われて、僕は思わず「オーウェル的ですね」って言っちゃったんだけど（笑）。そのぐらい同じ顔がズラッと並んで。本が出た後のエンジンの掛かり具合も異常だった。

奈倉　そうだったね。

逢坂　出版直前はたくさんサイン本も作っていたけど、それでも「これ、いつか重版かかったら嬉しいですね」と僕が言ったら、早川の人が「でも、初版三万部刷っちゃいましたからね」って言ってた。それがいざ出たら、発売日翌日に編集部から電話がかかってきて、「重版が決まりました」と言われて。思わず「マジですか」と言ってしまった。「ちょっとこれおかしいな。タヌキに化かされてない？」と思って。

奈倉　ほんとにそんな感じよ。

逢坂　重版がかかるたびに献本が一冊来るというシステムのおかげで、初期の十冊だってそんなに配りきれてないところに、重版二十四回だから。二十五刷。

奈倉　すごい。いまどのぐらいの部数になってるの？

逢坂　電子書籍込みで五十万部。「いつか君は成功すると思っていたけど、ここまで早く行くとは思ってなかった」みたいなことはたまに父に言われる。

奈倉　お父さんに？　そうだよね。確かにデビューからちょっと聞いたことない感じだもんね。現実感なかったりとかしない？　しないか。

逢坂　そのとおりだよ。現実感がない。初版三万部の時点でもう、「さ、さんまんぶ？」という。桁間違えてない？と。

奈倉　お父さんが「私の研究書なんて初版三桁だったりするのに」って。

逢坂　いちばん売れたのが何部だったとか。お父さんは学術研究の成果を本にしてるんだから、小説と比べちゃ駄目よとは言った記憶がある。

奈倉　**本にはそれぞれの役割とそれに見合った部数がある**から、そういう意味では必ずしも多ければいいというものではないし、届くべきところに届くのがいちばん大事だよね。

逢坂　もちろん、**「たくさん売れたから偉い」なんて話ではぜんぜんない**ですね。ただ商業としての出版というものに触れたときに、結構ビビるものがあったんです。最初に受賞のお知らせを聞いたときは「やったやった」と普通に能天気に喜んでいたけど、確か贈呈式の前に早川への会社訪問があったんです。そのときに、内幕というものが初めて見えるわけです。社長に会ったりして。で、僕と担当編集さんたちの個別ミーティングをその後してたら、副社長がわざわざ顔を出して、「全作に言ってるわけじゃないですけど、あなたのは売っていきますからね」と念押しして去っていって、その日は大勢に会ったので「いまの、どなたでしたっけ」と言ったら「副社長です」と言われて。そのときに、これは大変なことなんだと思った。これは早川書房にとっても投資なんだと。投資って別にギャンブルとかそういう意味じゃなくて。全く無名の新人、海のものとも山のものともつかないのがやってきて、どれだけ売れるかも分からないわけです。そこを出版社がリスクを負って、いろいろアピールするために人件費や広告費だって使われる。じゃあ自分は全力を尽くさねばと思った。でも、この辺って普通はどうなのか分からない。有里先生はどう感じる？

奈倉　私はそんなに売れたことないから分からないな。『夕暮れに夜明けの歌を』は、いま六刷だから、それなりの部数にはなってたと思う。それでもそんなに売れると思わなかったし、ありがたい数字です。翻訳はいくつか出しているけどまだ著書はなかったし、しかも、こんなに地味な内容で？　と思って書いていた。なんのジャンルかも分からないし、エンタメではないはずだし、初版の部数を聞いても「そんなに売れるかな」と思ってたんです。それでも、書いていいなら書きたいと思って。ずっと大事に抱えていた話だから。でも部数よりも嬉しかったのは、図書館の司書さんとか編集者さんとか学生さんとか、本が好きな人たちがすごく心のこもった感想をくれたこと。それこそ**届くところに届いたな、**っていう実感がじわじわとあって、お手紙をもらうたびに嬉しい。

逢坂　僕もそう。絶対売れないと思ってた。だって、そもそも独ソ戦のソ連の兵士を日本人が小説にした例って、先行作はなにがあるかと思って調べたら、なかったんですよ。皆無に等しいんじゃないかと。

奈倉　確かにね。

逢坂　いまウケるような流れがあるとも思えないし。と思っていたんですけど、最初に売れると確信したのは、たぶん早川の内部の人たち。次に「売れる」と言ってくれたのが、世界的に有名なゲームクリエイターの小島秀夫監督で、小島さんは初期から力強く応援してくれた。あの人が『同志少女』に言及した際の Twitter のリプライ欄を見たら、英語に訳してくれないかと言っている海外の小島ファンとかがいたりして。

奈倉　そうなんだ。

『同志少女』の作者は女性？

奈倉　『同志少女』の登場人物は女の子がほとんどだし、内容的にも、読者から「作者は女性だと思っていた」と言われることもあるんですよね。「戦争とジェンダー」というテーマだから必然的にこうなった感じだと思うんですけど。私の話をすると、ロシア語作家の**ミハイル・シーシキン**の『**手紙**』の翻訳を出したときに、女性の手紙の文章が男性作家とは思えないほどリアルだというような感想をいただいたことがあって、びっくりしたんです。

でも、たとえば**トルストイ**の『**アンナ・カレーニナ**』のアンナの心境の描かれかたにはすごい臨場感があるわけです。作家のリュドミラ・ウリツカヤが、「作家が女性だからこれを書けるとか男性だから書けるという人は、いったいトルストイの『アンナ・カレーニナ』をなんだと思っているのか。女流小説だと思っているのか」というようなことを言っていて。確かに、もしそういう思い込みのある人が「作者は女性だ」と思い込んで『アンナ・カレーニナ』を読んだら、「さすが女性らしい作品だ」って感心するんだろうなって。作家の生物学的な性を重視する人って、概してそういう先入観が強いんだと思います。性差という先入観を積極的に読書の一部にしてしまっていて、そのうえで批評めいたことを言おうとしている。

逢坂　おっしゃるとおりでありまして。じゃあ自分がアプローチしてどうだったかというと、戦争とジェンダーをテーマにして女性主人公が書けるのかなという戸惑いもあったんです。ただ、一つには、よくたとえで使うんだけど、イリーナに当たる教官のポジションだけ男性にして、そこを主人公にしたら書けるかと言ったら、書けるけど、すげえくだらないふにゃふにゃな小説になる。「ラストにそいつが女をかばって死にそう」とかいう、存在しない自作に対する悪口が思いついたので、これはダメだわということで、主要登場人物は全部女性でいこうと思ったんです。そのためには、**戦争とジェンダーというのは避**

けて通れない。戦争とジェンダーというテーマを真剣に考えないと、若い女性が銃持って戦う姿というのは、それ自体が性的フェティシズムになっちゃうんです。それはダメだと。絶対小説として上等なものにならないし、実際に存在した女性狙撃兵に対する侮辱になっちゃうから、**フェティシズムとして消化されるものには絶対ならないようにしよう**と。では、どうやって自分で書けるのかと考えたときに、内面としての性差というものを重視するよりも、人間が普遍的に男性も女性も等しい存在であり、なおかつそのうえで不当に扱われるからこそジェンダーギャップであるとか女性に対する差別というものがあり得るのであると。ということは、女性を書くに当たって、特別な存在としての異性というふうに意識しないほうがいいのではと思ったんです。もう一つは、そもそも戦争とジェンダーについて「私は男性なので女性の話は書けません」と考えたら、それはテーマに対する後退になっちゃう。というわけでやってみたら、評価していただいたことは大変ありがたいんですけれども、そこまで意外と言われるのは驚きである。ただ、世の中の男性作家が書く女性像みたいなものに対する違和感がひょっとしたらあるのかもしれないなと思った。早川書房の女性の編集者で、年間何百冊も本を読む人が、前情報なく僕の原稿を読んだときは女性だと思ったらしいです。ペンネームは男性っぽいけど、なんの疑問も持たなかったという。最後にプロフィールを見て男性だとわかって「えっ、男性なんだ」と驚いたんですって。あるいは、高校生直木賞のときは、受賞のお知らせをいただいたあとに、選考してくれた高校生たちにお礼の電話をかける段取りになっているんですね。長時間にわたる選考会だったのでねぎらいの言葉を述べたら、高校生たちから「男性だったんですか」と言われた。そのときすでに顔も出てるのに。

奈倉　この筆名で女性だと思われていた。

逢坂　男性だということを知らないで読んでいても、女性だと思っていた人の例も結構あるんです。だからなにを指して女性っぽい文体なのかというと、やっぱり分からない。

奈倉　私は日常のちょっとした文章や、論文なども含めてなにを書いても昔から、文章だけで判断される場合は、たいてい男性だと思われるんです。エッセイなどでは、無意識に男っぽくならないように書いている場合もあるかもしれないけど、「ロシア文学の教室」は学生である「僕」の一人称で書いていますす。でも基本的には**自分の性とかそういうつまらないことはあまり意識せずに書きたい**です。不思議ですね。なぜ私の書くものが男性だと思われて、逢坂さんのものが女性だと思われるのか。

逢坂　本当にわからない。それでも小説の世界でいえば、異性性をうまく書けるかどうかというようなことで言っているんだろうなということはなんとなく見当はつく。

奈倉　褒められてるんだ。

逢坂　それはありがたい。

奈倉　論文は分からないけど。

逢坂　論文は本当に分からない。なにそれ。だって、学術研究でしょう。この論理展開は女性的だとか、そういうことってあんまりないと思うんだけど。**あったら変だよ。**

奈倉　それは思ってたらまずいよね。

大ホモソーシャル大会をやってきた戦争小説

逢坂　異性の書き手の文章に違和感をおぼえるのは、往々にして、**無理にそれぞれの性を定義づけしようとするとき**ではないだろうか。

奈倉　確かに。

逢坂　たとえば、女性の作家さんで「男性の見栄の張りかた」みたいなものを書きたかったのであろうがこんな場面では怒らないよなと感じることもあれば、男性作家が「女性はこういうところがある」みたいなことを言おうとしているんだけど、そうでもねえと思うこともある。妙な決めつけをしようとするとかえっておかしなことになる。

奈倉　なんなんだろうね。たぶん人に言われなかったらこんなこと考えないんですけど。

逢坂　僕も考えなかった。

奈倉　本当にそうだよね。

逢坂　ただ戦争小説を書くにあたって「戦争とジェンダー」という問題設定をして、なおかつ**女性兵士の視点からホモソーシャルの構造的歪みも描く**という手法が旧来の戦争小説と異なっているし、そういう作風を男性の作家があまりやってこなかった、という意味で言っているのであれば、部分的にはそういう面もあるかも知れない。戦争小説って、史実が実際そうだった面はあるにせよ、かなりの作品が大ホモソーシャル大会だったし。僕が主人公を若い女の子にあえて設定したのは、いままで戦争小説を敬遠していた層にも届いてほしいという思いがあったから。それと、男性も「作中に出てくる男性兵士のように暴力的に変わらない自信ってある？」と問いかけながら読んでほしい。**その問いは書いている自分にもやっぱり返ってきた。**もちろんそうなってはいけないんだけれども、ならないですと言いきれない恐ろしさはある。

奈倉　セラフィマが完璧な主人公じゃないことに、読者がだんだん気づかされるところがいいと思う。

逢坂　ありがとうございます。

奈倉　そうすることで、むしろジェンダーというテーマが生きてくる。冒頭から繰り返し出てくる「カチューシャ」（ソ連の戦中戦後の流行歌）なんかもそうなんだけど、あの歌詞って男性兵士にとってすごく都合のいい女性が書かれているんだよね。

逢坂　出征した兵士が思い浮かべている、勝手に待っててくれる女。

奈倉　待っててくれて、かわいらしくて。

逢坂　やたら無垢性を強調しているところがある。

奈倉　そうそう。原文でも、誰かを待っている清らかな乙女という感じで描かれている。なのにセラフィマ自身が冒頭でそれを歌っちゃっていて、そういう都合のいい女の子を内面化しているのかなって思わされる、だから、読んでいてまずは不安になるんです。

逢坂　作中に三回出てきて、セラフィマとはどんどん乖離していく印象がある。最初にカチューシャを歌っているとき、セラフィマの立場は歌詞とそれほど変わらない。二回目に歌うとき、セラフィマは自分が戦っているので歌詞とは相容れない立場になる。そして三回目に歌うとき、セラフィマは歌詞の内容と対立する存在となる。そこでセラフィマという人物が完成する。

奈倉　そう。ジェンダー問題のひとつって、物語や歌で「女ってこういうものだ」と描かれてきたイメージの集合体に、無意識的に縛りつけられることでもあって。セラフィマは「カチューシャ」からどんどん離れていって、最終的には、歌詞の女性像だけじゃなく自分が負わされたものからも解放されていくのかな。

逢坂　そうであると思いたい。実は、「戦争とジェンダー」という問題を男性の自分が書くことに**相当の躊躇があったん**ですよね。フェミニズム的テーマを非当事者が奪うことにはならないかと。でもいままで自分に寄せられた「女性だと思った」という驚きの声を前提にして考えると、仮に僕が女性でこの小説を書いていた場合、まず間違いなく「女性ならではの戦争小説」と言われただろうし、それは結局作品を性差に還元する行為だから、やはり**男性である自分がこういう性質の小説を書いたことにも、意味はあった**ような気がする。

奈倉 あ、いいこと言いましたね。結局、文体が女性っぽいというのは、読む人の思い込みなんだよね。

周回遅れになってしまうのが怖い

逢坂 商業出版という世界に身を置いて、最近、大変さが見えてきましたよ。だって、次から次へとすごい新人さんが現れてくるじゃないですか。僕はスタートダッシュには超恵まれたけど。怖いね（笑）。

奈倉 なにが？

逢坂 周回遅れになることが。アガサ・クリスティー賞も本屋大賞も自分は「前の受賞者」になっちゃった。そして極論すると、この世界って勝ち切るか消えるかしかないような感じになっちゃってるから、**ほどほどに生きるというのがすごく難しい**。

つまり、小説がかつてのようにバンバン売れる時代じゃなくなってきているから、少ないパイの奪い合いの中では、評価される作家がドーンと売れていく一方で、新人が現れてすぐ消える率も高まっている。そうすると、「あの人そんなに売れないけどいいよね」と言われてコンスタントに評価されていって、地味なところでずっと書いていって、ふとしたときに「あれすごく面白かったな」とのちの世に言われたりする層が、ひょっとしたらいまどんどん薄くなっちゃっているのかなと。それは**文化的にもったいない**し、小説で食っている身からするとものすごく恐ろしい。天国と地獄しかないみたいな状態になっていると。

じゃあ自分はどうするのかというと、とにかく新しいものを書いて、いままでのファンに忘れてもらわないようにしながら、新しい読者も開拓しなければならない。でも、小説は工業生産品じゃないから、大量生産できるものでもない。だから、仕込みの時間をすごく長くとらざるを得ない。やっぱり気ばっかり焦りますね。

たとえば、時代考証をどう解決したらいいのかが分からないと、最後までプロットが組めないんです。そして、プロットが組めるまで本稿には入れない。で、なにをするかというと、資料を読み返すんです。図書館が自宅から徒歩二十分ぐらいのところにあるので、てくてく歩いていって。そこですでに読んだ本を何時間も読み込む。『同志少女』の場合、本稿の執筆はやたら早かった記憶があるんです。その前の、他の小説を書きながらいろんな資料を読んでいた時間のほうがやたら長かった。何年もかかった。これはいつか書くんだと思いながら、別の小説を書いて、準備万端整って書き始めてからは、プロットを含めて一年でやった感じです。でも、プロの編集さんが味方に付いてくれているというのは大変ありがたいなと思い始めました。自分だけだと手が届かないところまで手が届くので。

小説は自分の深いところに降りていくもの

奈倉 私はいま文芸誌の『群像』でエッセイを連載しているんですけど（「文化の脱走兵」）、あれは思いついたときに半分くらい書いてみたものをいっぱい放り込んでいるフォルダがあって、そこから「今月はこれを仕上げよう」みたいな感じでやっています。エッセイといえば、『夕暮れに夜明けの歌を』のほうは、実はジャンルを決めてないんです。設定はあえてしてなくて。よくエッセイに分類されていて、それで問題はないんですけど、あれは書店さんや読んだ人が分類しているのであって、宣伝文とか帯とかにも、エッセイとは書いてない。

逢坂 司書さんが困るね（笑）。

奈倉 それはそうですね。ただ、自分でもなんだかわからなかったんですよ。形より先に内容があったというか、形はそれにあわせてできていったというか。読み手によっては、たとえば高橋源一郎さんが「これは小説だ」と言っていて。

逢坂 それは高橋先生だからそう言う。

奈倉 でも、小説だと言われるとそうかもしれないとも思うし、嬉しくもありますね。自分では、なにに分類しますか？ と聞かれたら、「随筆です」と答えているけど。

逢坂 冒険小説で原稿用紙八百枚とか書いてみたら。

奈倉 ジャンルの越境で？

逢坂 そうそう。

奈倉　冒険小説……。小説を書くとなると、自分のすごく深いところに降りていくみたいな感覚があるじゃない。だから面白いんだけど、やっぱりなにができるかはわからない。

逢坂　これほどまでに文学的素養がある人が小説を書き始めたらえらいことになりそうだね、という話は、早川書房の人とかと話していていてもたまに出るんだけどね。他のところからでもお出しになられるんじゃないですか。

奈倉　話がでることはあるんだけど、急がないようにしてる。なにが求められてるのかよく分からないんだよね。

逢坂　それは分からないよ。

奈倉　いま『文學界』で書いているのは小説について講義する小説だけど。

逢坂　原田マハさんとか立場的に近いんじゃない？　あのかたは文学と芸術の素養があって、原田宗典さんの妹さんですよね。知識を活かしていろんなジャンルの小説を書いている。いまや押しも押されもせぬ作家という感じになってるけど、でも原田マハさんに最初期待されていたものはなにかといったら、たぶん誰も分からなかったと思います。

奈倉　そういえば、文学できょうだいといったときに思いつくのはあのきょうだいだね。

逢坂　我々とは環境は全然違うけど。僕はエッセイは書かない……いや、書くのかな？

奈倉　日記とかそういうのって書いてる？

逢坂　書いてない。有里先生に日記書いたほうがいいよっていうアドバイスを昔もらった覚えがあると言ったら、それはした記憶がなかったって言ってたよ。

奈倉 いつよ、それ。

逢坂 有里先生がロシアにいた時期よ。

奈倉 そうだったかな（笑）。

逢坂 一時帰国した頃に。書いてみてその当時なにになるというわけじゃないけど、書いてからしばらくしてから読み返すと、「当時こんなこと考えてたんだ」って分かるからって。

奈倉 確かに、残ってる日記があるかないかでぜんぜん違う。

逢坂 そうか。

奈倉 『夕暮れ』も日記を書いてなかったら書けなかった。

逢坂 それはそうだね。「学問の子になりたい」って日記に書いていたというのとか、ちょっと面白かった。

奈倉 自分の日記を読み返すと「こんなこと書いてたんだ」って思う。あとは、授業ノートがあったから、授業の様子はいまでも全部再現できるよ。

逢坂 書くことない日とかってなかった？

奈倉 書くことない日は書かなかったよ。**日記はそんなに無理して書くものじゃない**から、何日も書かないときもある。書きたいと思ったことがあったら——たとえば『夕暮れ』にも書いた、殺人事件が起きたあとの地下鉄構内でみんなが論争になったときに、おばあさんが歩み出てきて「すべての人類は兄妹なの」って言いだすとか、そういうシーンに遭遇したときは「これは書いておかなきゃ」って思うじゃない。書いておかないと細かい部分を忘れちゃうかもしれないし。一回書いておくと記憶に定着するし。

逢坂　二〇二三年の正月から書き始めます。……それは三日で終わるパターンか（笑）。

ロシア語を使った仕事をしたくても……

逢坂　『文學界』の「ロシア文学の教室」は、やっぱり単行本になるの？

奈倉　なるはず。あれはもともと新書を書く企画だったんです。「文学講義みたいな感じで作品を紹介していく新書を」という依頼で。あとは「なにかテーマを決めたいですね。愛についてとかどうですか？」という流れになって、なるほどと思って考えようとしていたところに、戦争が起きた。それでいま、「愛」だけを中心にロシア文学を語る本を書くのはきついなという感じになってしまって……。必ずしも時代に合わせるという意味じゃなくて、大学でロシア語やロシア文学を教えていても、学生がすごく不安そうだったり戸惑っていたりするから。「ロシア語を勉強してロシア語を使った仕事に就こうと思っていたんだけど、今後どうしたらいいんだろう」とか、「いまロシア文学がプロパガンダに使われようとしたり、作家の銅像が撤去されたりしているけれども、どういうふうにそういうものと向き合ったらいいんだろう」とか。そういう学生さんたちを見ていて……私もその気持ちはすごくわかるし、じゃあ自分がいま大学生だったらどうだろうと考えて。そこに、いただいていた企画を合わせて、じゃあ「二〇二二年の春を舞台にして、小説形式で、大学生を主人公にして、ロシア文学を学ぶということを、授業の中身も見えるような感じでやったらどうでしょう」と聞いたら、「それでいきましょう」と。それを『文學界』で連載することになって、「よろしくお願いします」ということに。

逢坂　素晴らしいですね。そういうふうに話が進んでいくのっていいな。

奈倉　私の書いてるものはあんまり売れなくていい本という前提……いや、そんなことはないか。でもつまり、期待されている部数が逢坂さんとはぜんぜん違うので。

逢坂　有里先生の場合は小説が本業というわけではないからね。

奈倉　本業っちゃ本業だよ。私、二〇二二年度までは東大の駒場と本郷と早稲田と聖心女子大学の非常勤講師を掛け持ちしていたんだけど、さすがに連載二つに加えて単著と翻訳とって企画をいくつも抱えていると手一杯になって、二〇二三年度から東大と聖心を辞めて、早稲田だけにしたんですよ。いま書いているものを全力でやりたいから。

逢坂　すみません、そこまでの覚悟だったとは。

どんなときでも安心して思いっきり勉強していいんだよ

逢坂　「ロシア文学の教室」の書き出しを読んでいると、おっ、と思ったのが、ロシアに留学していた学生としての感覚と、いま講師として教えている立場から見える感覚の両方があるということです。どっちの視点から書いているのかなというのが気になったんですよ。留学していたときの自分なのか、それとも講師として教えている立場の自分なのか。

奈倉　留学していたときの記憶よりは……まあ、それも若干ありますけど。確かにあの先生、実は文学大学の先生がモデルになっているんです。見かけとか、話しかたとか。

逢坂　それはきっとそうだなと思って読んでた。

奈倉　翻訳理論を教えていたモデストフ先生。いまの自分は教えている側でもあるけれど、あれを書いているときは学生になったつもりで書いてますね。大学で文学を教えるのって、ずっと学生みたいなものですから。そこにそんなに違いはないと思うんですよ。文学大学の本当にいい先生たちって、自分と学生をすごく対等に見ていて、「同じ本を読んで一緒に考えよう」というところが原点だったので。私としては、あのころもいまも、「本があって、いまの社会というものがあって、私がいてあなたがいて、同じ本を読んでいる」という、そういうことでしかない。もちろん語学の知識とか辞書の引きかたとか全集の注釈の読みかたとか、教えられることは教えるけれど、立場としては、教える立場か、それとも教わる立場かということに、そんなに大差はないんです。

逢坂　それは素晴らしい感覚ですね。すごくうらやましい。

奈倉　実際、たとえば早稲田でロシア文学をやっている子たちと一緒に本を読んでいると、教えられることもいっぱいあります。それに、ともに本を読んで、新しい発見があったり、感動したり、「一般的に言われていることと全然違うものが見えてくるよね」というような面白さがあったりする。そういうところを伝えたい。ひとたび報道だとか社会でいろんなことを言われていることを目にして不安になってしまっても、本を読むと、その面白さって別にどこにも消えてないんだってわかる。だから、**どんなときでも安心して思いっきり勉強していいんだよ**という環境を大学は作らなきゃいけない。それをやるにはまず自分がそういうふうに真剣に本と向き合い続けるしかないかなと思います。

逢坂　先生という言葉をどうとらえるかという問題がありますよね。前にも話した三木那由他さんの本の中に、たまに「先生」と呼ばれるのがちょっと違うような気がするとありました。教えを垂れる立場のようになってしまうから、「先生」と呼ぶのはやめない?と言いたい気持ちもあるんだけど、それもそれである種の権力勾配の行使みたいだから、「呼ばないでください」というのも言いにくいと。僕もまったく同じことを考えたことがあって。でも、**共に学ぶという価値観**がすごく大切だと思う。

　文学に打ち込める、学問に打ち込める環境を大学が作っていかなきゃいけないというのは、ある意味では当たり前なんですけれども、若い世代ではもう、学費の一部は自分で払わなきゃいけないからひたすらバイトに明け暮れていて、卒業するために大学には通ってはいるけれど、勉強に集中できないという、きわめて**本末転倒な状態も多い**と聞きます。

「ロシア文学の教室」って、もちろんいろんな人に読まれてほしいけど、僕は特に高校生とかに読まれてくれないかなと思いました。**大学でなにを学ぶかということにあこがれを持ってほしい**というか。

奈倉　ありがとうございます。あれっていくらでも書けるんですよ。好きな本の数だけ書いていいんだったら書きたいというぐらい楽しい。

逢坂　ライフワークにしちゃって、二十〜三十巻とか出るようになるまで。

奈倉　さすがにそれは読者がついてくれないとね。

姉は朝型、弟は夜型

奈倉　執筆スタイルを聞かれることとってあるよね。どういうリズムで書くとか、どういう環境だと書きやすいとか。

逢坂　よく聞かれるけど、僕はあんまり意識したことがない。直木賞作家の佐藤究さんとの公開対談でお客さんからその質問が来たときも、「特にないです」と答えたんですよ。でも、佐藤究さんの回答は「ルーティンとかよく話題になるけど、このコーヒーがなければ書けん、みたいになるのは**ポジションできてからやればいい**んだよ。僕なんかアルバイトしながら書いていたけれども、そういうときというのはちょっと空き時間ができたら公園のベンチでも書くとか、そういうことができないといけない」と。つまり、若手のとき

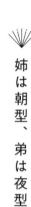

とか、作家になろうと目指しているときは、執筆スタイルとかはなにも気にせずに、いつでもどこでも書けるという状態にしていくことのほうが大事という話を聞いて、なるほどと思いました。

奈倉　それは執筆の心構えとして確かに大事だよね。自分の状態のほうをコントロールできなきゃいけない。私も時間とか場所にかんしてはわりと大丈夫なんだけど。ひとつどうしても直らないのは、人見知りなので（親しい友達とかは大丈夫なんだけど）仕事で人に会うと、しばらくぼーっとしてしまう。あれこれ考えているうちに夜になっている。それまでは原稿のことに集中していても、それがどこかへ行ってしまって「戻ってこーい」みたいな感じになる。だから、できれば対面でのインタビューとか打ち合わせとかは避けたい。

逢坂　できれば外界を遮断したいというのは僕もあります。雨戸も閉めて。音がすると気が散るし。

奈倉　雨戸も閉めて？（笑）

逢坂　実家にいたときは雨戸も閉めてた。

奈倉　あ、閉めてたね。

逢坂　夜行性だし。夜中になにも音がしないときがやっぱり一番落ち着くなという感じ。

奈倉　それだよ、執筆スタイル。朝型とか夜型とか。私は基本的に朝型だから、集中してるときは早く寝て朝五時とかに起きてやるんです。

逢坂　理想はそうなんですけどね。会社員だったときは、帰ってきて夜七時から大急ぎでお風呂に入ってご飯を食べて、八時から十時までは書いて、それ以降は書かないというふうに決めてた。二時間しか書かないけど、二時間は必ず書く。それ以上書いちゃうと、寝られないんですよね。小説を書いているときが一番脳が活性化されるから。ベッドに入ってもボーッと蒸気機関車みたいに頭が回転しちゃう。なので、強制的にやめて、脳を休ませて眠りにつく。それがライフスタイルから逆算した執筆スタイルでした。

奈倉　いまはもう執筆に集中できるわけだけど、やっぱり夜？

逢坂　いや、いまはもう夜に書く意味ないから、昼間に書けてる。案外変わるもんだね。

奈倉　ちなみに私は人見知りですけど、大学の授業は楽しいんですよね。**学生に会うとすごい元気になる**。元気になるというか、まぶしいなっていう感じで、「ああ、いいな」って元気づけられるというか。

逢坂　僕は高校生たちとイベントで二、三度ほど話しただけだけど、その感じはとても分かる。昔の自分と同じような考えをしてる若者もいると、なんだか元気になれる。話は少しそれるけど、講演でもなんでも、なにかやるときのスタイルが姉弟で全然違うことに最近気づきました。奈倉有里先生はちゃんと準備してから行くんですけど、僕はいきなり出ていって「さあ、なにをやろうか」という感じです。

奈倉　私はその場で考えてとっさに反応するということができないんです。放っておくと人が話しているのをずっと聞いて黙ってしまう。

逢坂　僕はフリースタイルでしゃべるの大好きだから。私生活だとふと気づいたら一週間誰ともしゃべってないみたいなことがよくあるんですけど、対談とかインタビューとかはわりと好き。

奈倉　この二人が全く準備しないでパーッと人前に出てきたら、たぶんずっと逢坂さんがしゃべって、私はずっと聞いてるよね。

作家の経済問題

奈倉　逢坂さんは商業出版の怖さを実感しているっていう話もあったわけだけど、「作家をやっていくうえでの経済的な問題」についてはどうでしょう。

逢坂　それは難しいところがありまして。**新人賞を取って小説の一本目で会社を辞めるのって禁忌に等しい**ですよね。デビューした頃は僕も辞めるなんて考えてもいなかったんです。ところが世に出ていったら、なにか様子が違うなと思いまして。普通は止められるんですけど。会社を辞めるという決意をしたのは、本屋大賞を受賞したと決まったときでした。「ここで決意しなかったら辞めようがねえじゃん。だって本屋大賞取ったんだよ」と。最後にいた会社はすごくいい心地のいいきちんとした会社で、働き甲斐もあったんですけれど、本来的に生きかたとして会社員が向いているかというと、やっぱり向いてないことも分かっていたんです。どうにもこうにもチームプレーが苦手だし。本来のプランであれば、それほど売れない小説であっても赤字にはならないって実績を積み上げていって、ゆくゆくはそれだけで生計を立てられるぐらいの収入を得て、もう大丈夫、安心だとなったら円満に退社してということを考えていたんです。ところが、出ていったら「**なんか様子が違いますね**」という感じの売れかたをしていった。一本目で辞めることには相当悩んだけど、ここで決意しなければ辞めようがないし、遅かれ早かれ本来は専業になりたかったわけであるから、決断するタイミングは早かったけれど、今だと思った。見通しはともかく実績はできたし、元手も意外と入ってきちゃったのでしばらくは大丈夫でしょうということで。

もう一つ、しょうもない話になって恐縮なんですけど、会社員として働いているかたは分かると思いますが、税金って特別徴収といって、大体の場合、会社の給料から徴収されますよね。普通に働いている分には、「給料から税金がこんなに引かれてるな」と思うにしても、手取り額は手取り額で残っていて、それで生活するわけです。しかしこれが副業をやっているとどうなるかというと、**税金は本業も副業も総合計した収入を元に計算される**。そして納税者たる僕は当然一人しかいないわけです。そうすると、二〇二二年はいいんだけど、二〇二三年の納税額は、印税収入を含んで計算された税金が、会社から支払われる給与から差し引かれる。その額を計算すると、明らかに税金額が給与額より多くなる。つまり、僕は会社を辞めないかぎり、毎日八時間週五日間会社に通ってせっせと働いて、給料日になると大赤字の給料明細をもらって、ものすごい額を会社に「これ補塡してください」といって税金を会社に振り込むという働きかたになる。とてもじゃないけどモチベーションは続かないし、会社にしたってそんな変な人がいたら困るよ。毎月ものすごい税金を肩代わりして払っては、その分、毎月請求書出して徴収しないといけない社員なんて。これはちょっと成り立たないと思っちゃった。会社員としての給料の意味が、「毎月発生する税金の支払額が、働いてないよりは安くなる」にしかなんない。

奈倉　それはすごい（笑）。特殊な状況ですね。

逢坂　普通徴収にしても収支としては同じだし。だから、もはや辞めるしかなかった。でも、腹くくる時期というのはいずれ来るとは思っていましたし、仮に安定して何本か書けて、もう大丈夫だと思ったとしても、その「**大丈夫だ**」**に別に根拠があるわけじゃない**ですよね。朝井リョウさんだって、直木賞をとった数年後に会社を辞められたでしょう。朝井さんといえども、そこでもう一生安泰だという確信があったかと言われたら、そういうわけでもなかったと思う。結果としてベストセラー作家として活躍してらっしゃるから大丈夫だったわけだけれど。

小説に注力するために**なにかしら選択すれば、なにかを失っていく**。僕の場合、いまは家族がいるわけでもないし、身軽なので、ここは存分に書くぞというところ。自分の存在意義というのは、小説を書くことが第一ということになっちゃった。だからこそですよね、結局空白の時間がつらいのは。「いまは筆が進まないから取りあえず会社に行って日々のお仕事をしていればいいや」ということにならない。ひたすら**朝自分の起きる時間も全部自分で決めて、やることとない日は本当になにもなかったり**します。

将来どうなるかわからないほうが好き

奈倉　私は、これまでの非常勤を続けて、かけもちしながらものを書くこともできたはずだし、もっといえば専任教員になったほうが収入は安定はするに決まっているけれど、書く時間を確保するために、非常勤をぎりぎりまで減らしてしまった。ただ、個人的には、**自分の将来どうなるか分からないくらいのほうが好き**なんですよね。ロシアにいきなり行ったときなんて、自分がどうなるのかなんてぜんぜん分からなかった。

逢坂　それはよく分かります。

奈倉　**不安なほうがものを考える**というか。崖っぷちにいたいという気持ちがあるんです。

逢坂　大丈夫、あなたが**安定志向で生きようとしてるのを見たことは一度もない**から。

奈倉　専任の公募にも応募してなくて。

逢坂　あ、そうなんだ。

奈倉　おかしなことだと思われるかも知れないし、迷いはあるけど、やっぱり安心しちゃうんじゃないかなと思うと躊躇がある。私にとって、安心や安定ってそんなに上位のほうにはなくて、不安定なときほど「いまできることはなんだろう」って考える幅があって、力が湧いてくるというか。**慢心がいちばん怖い**。

逢坂　学者としての話になりますけど、サントリー学芸賞も受賞されて、チャンスも来ているわけじゃないですか。ここからゆくゆくは大学の教授になっていこうとかいうプランを考えているというわけでもないの？

奈倉　うーん、難しいですね。研究はもちろん続けたいし、学問をやり続けたいとは思う。ただ、現在はロシアに行ってアーカイブを調べて、研究している作家の手稿を調べるという普通の調査も難しくなっているということもあって、これは私だけじゃないけど、ロシア関連の研究の先行きは見えづらいです。もちろん、いまできることはあるし、やっていきたいとは思うんですけど。他の分野もある程度そうだとは思うんですが、外国文学研究も、評価と実際の仕事がかみ合っているとは限らない。たとえば、すごく優れた研究をしている人がずっと非常勤をやっていることも多々ある。研究はしていくけれど、**研究が即座に評価や、ましてや教授という肩書きにつながらなくてもいい**という覚悟もある。だから周りの人に対しても、そういうことで研究の内容を評価するようにだけはなりたくない。サントリー学芸賞をもらえたのはまったく予想しなかったです。びっくりしました。

逢坂　ああいうのって本当に分からないですね。選んでいるほうの理屈とかプロセスが見えないから。

奈倉　でも、あとから選考委員の先生がたに聞いたら、ブロークについて百年前のことを書いていても、現代のことも考えさせられるというところに言及してくれたり、私みたいにいきなりロシアに行って、帰ってきてから日本の院に入ってという、あまり普通じゃない経歴だからこそ生まれた研究という点についても評価してくれたりしていて、嬉しかった。前に野崎歓先生がフランス留学から戻ってきたときのことについても同じようなことを言っていたんですが、**研究の手法や「正しい論文の書きかた」って、場所や学派によってすごく差がある**わけです。それって他言語の文学研究をしている人にとっては切実な問題で、複数を会得して融合させるのは並大抵のことじゃない。人文系の学問ってどうしても、その時代と場所ごとに偉い先生がいて、いくつかの学派があって、というふうになりがちなんですけど、まったく別のところで別の方法を学ぶことによって、それぞれのいいところも問題点も見えてくるんだと思います。

逢坂　外部へ行って学んだ点を国内の先生たちが評価しているというのは、学芸賞の在りかたという意味でもとても嬉しいことですね。

直木賞と本屋大賞の違い

逢坂　賞って、選んでくれたほうの立場というのは受賞するまではまったく見えないんですけど、見えてくると嬉しいと思うことはありますね。僕は『同志少女』が直木賞の候補になったそのときまで、頭のなかに一回も直木賞というのがよぎることは本当になかったんです。そもそも出版して候補の連絡が来るまで一ヶ月経ってないぐらいでした。どういうふうに連絡が来るシステムなのかも知らなかった。(賞の勧進元の)日本文学振興会の人はまず版元の早川書房に電話して、用件を伝えずに「日本文学振興会です。逢坂冬馬さんの連絡先を教えてください」と言ったらしいんです。当然早川の人はその意味を分かるんだけども。で、電話番号を聞いて僕にかけた。だから、僕からすると知らない電話番号から電話がかかってきた。なんだろうと思って「はい」と出たら、「日本文学振興会です。あなたの小説が直木賞の候補になりました」と言われて、**「はい？」みたいな感じ**で。「直木賞ってあの直木賞？」という。それでしばらく呆然としていた。えらいことになったなという気持ちになって。箝口令を敷くために、「担当編集には言ってもいいけど、他には絶対言ってくれるな」と振興会の人が言うわけです。そのときに、「親族にも言っちゃ駄目ですか？」と聞いたんです。担当のかたは「言わないほうがいいとは思います」とおっしゃったんです。いまだったら分かるんだけど、あの言い方というのは、口止めしておけば別に言ってもよかったんでしょうね。ただ、分からなかったから、バカ正直にずっと黙っていたんです。

奈倉　知らなかったもん(笑)。

逢坂　直木賞候補発表の記事は各新聞に載るから、そこがオフィシャルな情報解禁。その数時間前に母にLINEしたら、「エーッ」と返ってきたんだけど。でも父は、「当然だ」と第一声で言ったらしいです。

奈倉　へえ、そうなんだ。

逢坂　そんなこと言う人だったっけ、と思った。

奈倉　確かに。でも、私も出たばっかりの頃に、たまたまどこかの新聞社のインタビューを受けたときに、「最近『同志少女』を読みました」と言われて、「あれはアガサ・クリスティー賞だけじゃない」って、直木賞になるとかなんかそんなことを言われて、「そうですか?」って言った記憶があります。

逢坂　直木賞のほうは日本文学振興会の予備選考がどんなものだったかというのは分からないんですけど、本屋大賞のほうはそれに比べるとはるかに**選んでくれた人たちの顔が見える**。本屋大賞に実際投票している人と書店員さんたちというのはイコールでは全然ないけれど、それでも書店員さんたちと会えるのは本当によかった。ほうぼうで作家が書店めぐりするのって、基本的には、店舗展開を応援してもらうための営業活動ではあるんだけれども、行くと本当に嬉しい出会いがある。本屋大賞を取る前、本が「出ました」と行くときから、応援してくれる本屋さんがこんなにいるんだと思った。書店展開というのも常日頃本屋に行ったときは目には入っても分かっていなかった。どれを売りたいのか、どういうふうに売りたいのかというのはこんなに各店舗が創意工夫してくれているんだなと。

特にあの小説については、独ソ戦の関連書籍と併売していただいたり、戦争と平和に関するコーナーを作っていただいたりというすばらしい応援をしてもらった。それと、いまだによく覚えているんですけど、博多の紀伊國屋書店福岡本店にものすごく熱烈に応援してくれている人がいたんです。女性の店員さんで。その人のことは、すごく心に残っていて、本屋大賞を取ってから、もう一回「ありがとうございました」のツアーめぐりみたいな感じでそこにも行ったら、「逢坂さんは小説の世界に革命を起こしたんです」みたいなことを涙ながらに言ってくれて。僕はビックリして、横にいた早川の営業担当の人がその言葉に感動して泣き始めちゃった。

奈倉　感動的だね。

逢坂　すごい場面に俺はいま居合わせてるなと思いました。そこまで強烈に言ってくれる人は珍しいにしても、書店員さんの一人一人の意志で本屋大賞というのは成り立っているし、それが生み出された背景には、たとえば直木賞は自分たちの決められないところで決まっていったり、なんで今回受賞なしなんだという回があったりして、「売りたい本を自由に売り出せない」という状況をどうにかしようとしたことがある。本屋大賞が大規模化していることの弊害もいろいろ言われていますけど、やっぱり小説を愛する書店員さんたちの言葉をじかに聞いたことはすごく収穫になりました。実際に書店員さんと会って話を聞かなければ、本屋大賞に対する見かたはもうちょっと浅いものに終わっていたなと思う。

個人的なものと社会的なものを切り離さずに考え続ける

奈倉　私は、「もの書きと研究と、どちらに力を入れるつもりなのか」って訊かれることがあるんです。でも海外文学を研究するとなると、現地でやるなら別ですけど、別の場所でやる限り、紹介することも仕事になるんですよね。**翻訳も海外文学をやっている学者の大事な仕事のひとつ**。現代の日本で「ロシア文学」といっても、ドストエフスキーとトルストイの顔がちょっと浮かぶくらいで、深く読んでいる人が少ない。それって危ないなという感じがしたんです。どんなことでもそうですけど、イメージだけがふわふわとあって解像度が低い状態だと、思い込みが思い込みを呼んでしまう。研究をやるにしても、文学をやる限りは読者の認識と切り離せない。だから、やるべきことは山のようにあるなと思いました。翻訳にしても、現代の私たちが抱えがちな思い込みを払拭できるような作品を選んできました。だから、仕事はだいたいどこかでつながっている。研究書のほうは学術的に書くんですが、ブロークも本として読めるものにするために博士論文からは相当書き直して、伝記と詩の紹介に焦点をあてました。

逢坂　**ベラルーシの作家サーシャ・フィリペンコ**は、翻訳されるまで日本ではほとんど知られていなかったよね。

奈倉　フィリペンコの紹介は、幸運ないきさつだった。そのころはある程度は翻訳の仕事

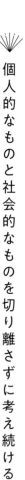

が来るようになっていて、編集者のかたから「どういうのをやりたいですか？」と聞かれる機会もあったので、準備しておこうと思って、現代ロシア文学の作家をファイルにしておき、声をかけられたら「これはどうですか？　これはどうですか？」みたいにできるようにしておきました。そのなかでいちばん翻訳したかったのがフィリペンコの『**赤い十字**』だったんです。それで、ある出版社に「なにかありませんか？」と言われて、出向いて説明したけれど、そのときは実現しなかった。でもそんなことはまったく知らない集英社の編集者から「エージェントからフィリペンコという作家の作品が来てるんですけど、知ってますか？」と。「知ってるどころじゃない。やりたい。絶対やります」と言って。だからあの仕事が来てくれたというのはほんとうに幸運でした。準備しておいてよかったなと。

『赤い十字』は戦争を描いた本のなかでも、自分にとっても特別な作品です。粛清の犠牲者、あるいは戦争から無事に帰れても捕虜だったことによって裏切り者とされて強制収容所に入れられてしまった人、そうした容赦のない出来事が描かれつつも、それだけで終わらないで、それが現代に続き、歴史から忘れ去られていくということに対する問題提起になっている。そういう難しいところに配慮しながらも難しい本にはなっていなくて、一気に読ませてしまう魅力がある。訳者解説にも書いたんですけど、**作者本人が**「**ひといきに読める小説**」として意識して書いている。歴史研究者と協力して資料を集めて細かく調べていって、だから最初はすごい分量になっちゃうんだけど、いったん書きあがったものから結果的に半分に減らすぐらい削って削って。映画をひとつ観るように入り込んで読んでほしいという意図で計画的にやり、それが成功している。いままで感想を聞いたなかで多いのが、一気に読んでしまって、解説を見たら「作者のねらい通りだったと気づいた」というものです。

それは翻訳でも再現が可能なものなんです。言葉に頼りすぎてないというか、作者が言葉に翻弄されていないから。「伝えよう」という意図があって、文章が読み手と言葉に対する誠実さでできていて、てらいがないんです。いままで翻訳していてこんなことがあっただろうかというぐらい、翻訳を始めてから終わるまで非常に充実した感覚がずっとあった。翻訳の作業そのものが、どうしたんだろうというぐらい幸せだった。「これは絶対伝わる」という確信があって。そういうところに惹かれましたね。

逢坂　奈倉有里先生の訳書はちょいちょい読んでるけど、正直僕には難しくてよく分からないところもあるんです。ロシア文学の前提が分かってないから。だから、一番繰り返し読んだのは、実はフィリペンコの『**理不尽ゲーム**』なんです。『同志少女』と刊行年が同じだったからか分からないけど。

あと、ベラルーシ大統領選挙の問題って、二〇二〇年の投開票日が来るまで結構頑張ってニュースを追ってた。ひょっとしたらこれは政権が代わるかもなと思ったんですよね。

ベラルーシでは有力そうな野党候補は取りあえず罪状をでっち上げられて捕まってしまうんですが、それで捕まった野党候補の奥さんとして出てきた全く無名なチハノフスカヤさんが、その無名さゆえに捕まらない。彼女の訴えた選挙戦というのは大胆で、自分は大統領になったら実際に政権を運営するんじゃなくて、全部政治犯を解き放って、公正な選挙をやるための政権を担いますという、要は民主化への移管政権みたいなものをつくるという。その選挙戦術が、傍目に見ても大当たりしているように見えたわけです。「チハノフスカヤさんに一票」というムーブメントが起きた。これが本当に実現したら、いままでのいわゆる東欧における「色の革命」みたいなものとは全く異なる、本当の無血革命が起きるかもなというふうに期待して見ていた。そうしたら八割がルカシェンコ大統領に投票したというあり得ない選挙結果が出て。天地がひっくり返ってもあの選挙が正当であることは絶対ないということは、ベラルーシ情勢を多少でも見ている人は分かるんです。『理不尽ゲーム』を読んだのはその直後。**ルカシェンコがずっと権力を握り続けていることの異常さ**が、一人の登場人物、事故で昏睡状態に陥り、奇跡的に目覚めた人の目によって明らかになってしまう。そのカオスの中に、いろんな民主化運動にそれでも自らの理想を見つけようとして、せめてもの抵抗としてデモやなんかを行うんだけど、すべてが暴力的に鎮圧されていく。まさに現実に起こったことが再現されたのねという感じで。再びベラルーシ大統領選挙を理解するきっかけにもなりました。『赤い十字』は頑張って読んだんだけど、ちょっとタイミングが自分の中で悪すぎた。独ソ戦の小説を書いた後にあれを読むのはちょっとしんどくて。そもそもの立ち位置があまりにも違うから。

奈倉　立ち位置が違うというのは、書きかたとか？

逢坂　立ち位置というのは、つまり想定している読者とかが。しんどいものがあったね。やっぱり自分が小説のなかで踏み込めなかった方向ってこういうところですよ、というのが如実に見えたのは分かったよ。

奈倉　それは非常に謙虚な読みかたで訳者冥利に尽きるけど、フィリペンコは自分のおばあちゃんから聞いた話も取り入れて、一次資料にあたることもできて、フィールドがホームだから。ただ確かに、『理不尽ゲーム』は、日本のニュースでも度々話題にあがっていた現代の時事的な背景があったので、すごく反響がありましたね。選挙の大規模な不正は明らかすぎるし、道ゆく人がいきなり武装警官に暴行されているのを見て「いや、そんなバカな」と思っても、その内情はなかなかわからない。でもあれを読むと**「そんなバカな」社会が長い時間かけてこういうふうに作られてきたんだ**というのがわかるって。

逢坂　いままでもこんなに陰湿なやりかたでずっと異論を封じ込めてきたんだということがある。それがもはやベラルーシの国のありかたになっちゃっているという。

奈倉　ベラルーシというのは公用語がロシア語とベラルーシ語なんだけど、ロシア語話者がたくさんいて、フィリペンコもそう。だから『理不尽ゲーム』もロシア語で書かれている。それに、ベラルーシだと政治的圧力から「好ましくない」本になっちゃうというのもあって、むしろロシアでたくさん読まれたんです。そしてロシアで読まれたときに、もうひとつ別の需要が生まれる……需要と言うとおかしいですけど。

逢坂　読み筋というか。

奈倉　「私たちと同じだ」っていう。もちろん細かい面で違うところはあるんですけれども、やっぱりロシアもずっと不正選挙と闘い続けてきて、同じ大統領がずっといて。実際、二〇一一年十二月の連邦議会下院選挙では欧州安全保障協力機構が選挙監視団を派遣したおかげもあって、ロシアの選挙で政権側が多種多様な不正をやっている実態が明らかになって、二〇一二年にかけて「公正な選挙」を求める大規模な運動が起きるわけです。それが弾圧され、権力の強化がクリミア併合につながって、いまにつながってというふうになっていく。だから**ロシアの読者にとって『理不尽ゲーム』は、ロシアの権力の巨大化に対する警告**としても読まれていたんです。

逢坂　奈倉先生は、ロシア文学をとらえたことを出力するというか、アウトプットすることが職業であり生きかたであって、それが形態としての論文であるのかエッセイであるのか、それとも小説に分類されていくのかというのは、それほど**根本的な問題ではない**というところなんですか。

奈倉　そうですね。文学研究でも小説でもエッセイでも翻訳でもやっているのは、平たくいうと、**個人的なものと社会的なものを切り離さずに考え続けること**です。**文学はそのなかで柔軟になったり硬直したりを繰り返してきた**と思います。

逢坂　それはすごくいいありかたですね。僕の場合は会社員としてのありかたと小説家としてのありかたが完全に分離しているとしかとらえようがなかった。それはさすがに続けられないとなったら、辞めるか続けるかの選択肢しかなかったです。そこがやっぱり違うんだ。これでたとえばだけど、編集プロダクションでライターをやっているような感じの人だったら、そこから小説家になる人って実際いるわけですけど、ライター業にも生き甲斐はあっただろうし、ライティングも執筆の一つだというふうに考えながら小説家とライターと両方続けていくという生きかたもたぶんあったとは思うんです。そういうふうになる選び方ができなかったのが苦しいところではありますね。まあ、いいけど。これが本来的に求めたところではあるから。

僕は研究者になる入り口で挫折しちゃった。でも、最近実家に帰ったときに、「根本的になにか違うなとは思っていた」と父には言われました。ひとつのことを追求するというよりは、いろんなところに関心があって、それを学び取るのが好きだったから、それって研究者というのとはなにか違うのかなと思っていたと。

奈倉　いろんなことに関心のある研究者もいますけどね。ただ、その話を聞いていてやっぱり思うのは……いまなんか特によく思うのは、大学生のときに自分に合う指導教員を見つけられないとか、いても先生が途中で辞めてしまうとか、そういったことって学生にはなんの非もないのに、その偶然によって学生のほうはすごく困る。勉強熱心な子が、たまたま先生との巡り合わせが悪かったり、時期が悪かったりしたことで道を断たれてしまうこともある。**大学が学生を振り回してしまっている。**逢坂さんの場合は本当にちゃんと自分でつきたい先生を探してそこに向かっていったのに、それがことごとくうまくいかなくて。

逢坂　こっちが先生を探して行くと、向こうがどんどん逃げていっちゃう。

奈倉　それで小説を書くことになってというのは、結果的にはよかったし、もちろん自分で切り開いていったんだと思います。でもだからこそ、場合によっては先生との巡り合わせに恵まれて、ほかの大学院に進学して、という道があったとしてもおかしくはないんじゃないかなと思います。

大学は、知的に独立した人間を育てる場である

逢坂　本当に学者を目指すという意志と気の持ちようがあるならば、指導教員が代わったときも、師事したかった先生がいなくなっちゃったときも、うまく代わりのところを見つけられたと思う。あるいは、大学院になんとしてでも進んで、食らいついていくぞということだってあり得たかもしれない。でも、そこまでは行けなかったのは、**自分はこの学問**

領域で生きていこうという決意にまでは行けなかったということ。学者を目指すのがものすごく厳しい道のりであるということも分かってましたから。小説家もそうなんだけど、ものすごく厳しいということが分かっていたので。

最近、ポスドク問題が叫ばれて久しいですけど、埼玉の浦和第一女子高等学校に講演に呼ばれて、八十人くらいの女子高校生のみなさんの前で話をしたんです。研究者になりたいというような人も中にはいたんだけど、もう高校生の時点で「**進路大丈夫なのかな**」という感じの質問が来るんですね。「研究者の進む道は厳しいと聞いているんですけど、どうでしょうか」みたいな。高校生の段階にいる若者にそんな心配をさせるなよ、と思う。「厳しいという話は大学に進んで大学院に進む手前あたりで大量に聞かされるし、それでもなおかつ行きたいと思った人がそういう道を目指せばいい。いまはそれよりもいろんなことに関心を持って、自分はこれを大学で学びたいですというものを決めて、そして大学ではそれを思う存分勉強してください。職業としての学者の道が険しいってのは、そこから先の話だから」というふうに言ってきた。ただ、やっぱり研究者を目指すにしても、高校生の時点ですでに二の足を踏まなきゃいけないぐらい、いろいろな情報が入ってきているんだろうなとは思わせる一幕でしたね。

あの学校は進学校だから、たぶんみんな大学に行くことまではできるんですよ。でもその先、大学院に行けるかどうかというと、途端に難しくなっちゃうと思うんです。「せっかくいい大学を出たんだから、いい企業に就職してちゃんとお給料をもらえるようにしていかないと」というような発想をする人は周囲に必ずいる。えりすぐりのエリートでも大学院に行くと、途端に生きるモードがハードモードになってしまう。この間テレビで見たんですけど、日本で初めて飛び入学で千葉大に入学して物理学を専攻した人が、いまトレーラーの運転手をやっているんだそうです。その人は、物理は大好きだけど国語とかは出来ないから、「新制度下での選抜試験」で十七歳で入学した本当に物理が大好きな人。すごく勉強熱心で大学でも頑張ったし、大学院にも進学して財団法人の研究機関に就職もできたけれども、結婚して家族ができるとなったらとてもじゃないけど養っていけないから、プロの学者にはなれないと判断して、いまトレーラーの運転手をやっている。ただ、決してそれが不幸だったというんじゃなくて、いますごく幸せそうに、子供たちに理科などを教えたりしながらトレーラー運転手としてバリバリ働いて家族を養っていて、幸せな暮らしをしている、それは本当なんです。ただ、飛び入学するほど頭がよくて、なおかつ大学に入ってからもちゃんと学問の道を選んで、物理学をやりたいという気持ちもあって研究員の道を目指した人が、お金の問題で断念しなきゃいけないんだと思うと、はぁ、という、なんとも悲しい気持ちにはなる。

問題は、こういう話があちこちにあるということなんですよね。高校生の時点ですでに学者の道に二の足を踏まざるを得ない。行きたいけれども、勉強が好きだし学問研究もやってみたいけれども、と思える人が、それでも果たして生きていけるんだろうかと。それは、苦しいけど生活はなんとかなるから好きなことを研究して生きていくんだ、という次元でさえないんです。いまの時代、日本の研究者育成のプロセスというものが、果たしてこの道へ行って自分は文字通りの意味で「生きていけるんだろうか」という悩ませかたをさせてしまっているんだと思います。

奈倉　私も、**本当は学問をやりたかったのに就職を選ぶ学生**を見てきました。やる気も力もあって、勉強して大学に入ったはずなのに、と思うと、本当にやるせなくなってしまった。

逢坂　いま国が理工系の学生を増やそうとしているのは、実学志向と、それ以上に危険な思想を感じる。

奈倉　もうちょっと言えば、人文系をつぶそうとしているという。

逢坂　**高等教育のありかた**って、言ってみれば**国家から独立した人間を育てる過程**でもあるわけですよね。一元的な教育から離れて、**知的に独立した人間を作る**という。でも、知的に独立した人間を作るという発想そのものを憎悪している節が、現在の日本には見られるように思います。単なる利潤の追求や実学志向とも違う、**知性の自立を恐れる**という。もっと**社会に従順で、経済を発展させる方向にだけ行きなさい**と。しかし就職予備校化した大学では、そうはいっても傑出した実績を在学中に残せるわけでもないから、なにを売りにしていくかというと、せいぜいバイトがどうの、サークルがどうの、そこでリーダーシップを発揮しただのということで自分を売り込んでいく。学生も分かっているから、大体そういうマニュアルを身につけて世に出ていくし、選ぶほうもそういうふうに学生がやっているということを分かりつつ、なおかつ大学名で足切りして、面接でコミュニケーションして、ペーパー試験をやって、無難そうな人を採っていくということぐらいしかすべがなくなっている。だから大卒者が凡人の山になっていく。これが学問の場で実学志向を進めても経済的に豊かになれない理由でもある。

奈倉　でも逆に言うと、だからこそ言えることがあるわけですよね。社会にそういった凝り固まった**権威的な考えかたがあるときに、その文脈をとらえ直して根本的なところから考えることを可能にするのが大学の教育**なんだと。その文脈を読み解いていくことの面白さが分かってしまうと、どんな逆風のなかでも、権力を持った側の無理な主張をとらえ直すことができるようになる。だから目の敵にされるわけですけど（笑）。そういう社会に対してこそ言わなきゃいけないことはたくさんあって。ただ、いまそういう社会にいる高校生や大学生はたいへんです。就職をしたあとにしてもそう。働いて経済的な安定を得なさいとは言われるけれど、そうしてみたところで社会のなかで孤立してしまったり精神的な支えや目標を見失ってしまったりしないとはまったくいえない。でも**硬直化した社会でいちばん起きやすい現象が孤立や精神の不安**で、それはいっときのサポートやケアで対症療法をして治るようなものではないことがほとんどです。

逢坂　知的に独立した人間の育成を阻むような社会で、文学はなにができるのか、という問いも出てくるね。

文学は、非常に雑多なものの総称です

奈倉　文学って別に「文学」という確固たるものがあるわけじゃなく、**非常に雑多なものの総称**なわけです。文学大学に入って最初に、文学の言葉は社会のなかのどこにあるかを考える授業があります。社会には権力の言葉があって、民衆の言葉があって、学者の言葉があって、メディアの言葉があってという図を書いていくんです。方言があって、俗語があって、若者言葉があって、盗人仲間の隠語があって、といろいろな言葉のある場所を書いていく。文学というものがよく分からないうちは、文学の言葉もそのなかのどこか一ヶ所にあって、なんとなく高尚でそこから学ぶことができるところにあると思われているけれども、違うんだと。その**すべてを括ったところに文学がある**んだと。どの枠内の視点から書いてもいい、なにを取り込んでもいい、どんなかたちにもなれる。そこから考えることができるということが楽しいんだよという話から入るわけです。どこか遠くにあるなにか素敵なものではない、枠組みから考えることの楽しさなんだと。解釈が固定化していたり、逆に多種多様に解釈される言葉を使って会話をしている人同士が、実はその言葉の定

義そのものですれ違っているというのはよくあることですが、**文学を読むというのは、その時代の人や作者個人が言葉ひとつひとつに込めた意味を慎重に考えていくこと**でもある。そこを飛ばして本を読むことはできないんだ、というところから入っていくんです。

文学は**世のなか自体をとらえることができてしまう**わけですよね。世に「こうあるべき」と言われている言葉や規範とされる言い回しは、はじめは権威的じゃないふりをしていたとしても、いつのまにか非常に権威的な役割を果たしていることもある。文学はそういう構図を描きだすこともできる。それって本当にいろんなやりかたがある。たとえば、いまとそっくりなことが違う時代の違う場所で起こっていたんだということを見せることもできる。それによって、さっきの話に出てきた「ちゃんとした企業に就職しなきゃいけない」というところから逆算して進学を考えざるを得ない状況にいる子供が読んだら世界が変わるようなものを書くこともできる。

逢坂　小説家としては、いろんな意味で、小説って夢のある世界だよ、知的で楽しい世界なんだよと提示していきたいですね。二〇二二年の年間ベストセラーランキングで小説部門で一位をいただいたんですけれども、総合ランキングを見たら、他の本はみんな年齢の話とお金の話ばっかりしているんです。

奈倉　売れる本ランキングなんて普段あんまり見ないけど、見るとほんとにそうだよね。

逢坂　とにかく「金稼げ」「自己啓発しろ」「健康でいろ」という、そんな要素をみんな推しているんですよ。出版業界の中でさえこれなんです。でも、ちょっと考えてみようよと。そんなになにかに追い立てられて、そして年老いていくことを恐怖するよりも、知的な営みの中に楽しいことってたくさんあるよ、と教えられるのが小説だと思うんです。こんなに知的でかつ楽しいという世界が小説のなかにはあるんだということ。僕はそういうところにいろんなものを教わったから。

　だから僕は、二つの意味で楽しさというものを提供していきたい。小説を提供していくことによって、小説ってこんなに知的で楽しいものなんだと読んでいる人に思ってもらいたいし、**小説家という職業もなかなか楽しいんだよ**ということを伝えられるようになりたいなと。そのためには、デビュー二作目で書けないといってヒーヒー言ってる場合じゃないんだけど。でも、そういうのも含めて、**生身で世界と向き合っていくお仕事**だから、この途方もない世界をどうとらえて、果たして紙の上に文字という誰でも理解可能なもので出力して新しいものを生み出す、それはたぶん映画監督にもできないし、漫画家にもできない、小説家というものができるものすごく特異にして楽しいお仕事なんだと。そこを語れるところまで行けたらいいですね。長生きして書き続けて。

奈倉　私が伝えたいことのひとつが、「**文学はひとりで読むのもいいし、誰かと一緒に読むのも楽しいよね**」というものです。私が大学生のときもそうだったし、いまの学生たちを見ていてもそうですけど、誰かと同じ本を読む喜びって、すごいことだと思うんです。

まずはひとりで読むわけですが、ひとりで、心の深いところで体験した驚きや戸惑いや感動を、あとから誰かと共有できる。その本について話していると、感情や思考から倫理観までもを集約したような会話ができる。それってどこでも成立し得る空間かといったらそんなことはなくて。たとえば私も子供のときひとりで図書室で本を読んでいたころ、誰かと本の話をしたかというと、そんなことはぜんぜんなかった。でもその本を読んだ体験は、ずっとあとになるまでとっておけるんです。だから何十年後かに「子供のころこんな本を読んで……」という話をしたら、偶然相手も「自分も読んだ！」と盛りあがったりする。あやふやな記憶をたどって、ああだったこうだったって言いあって、「じゃあ確かめてみよう」ってその本を探して読み直すこともできる。その瞬間が訪れる瞬間を急ぐ必要はないけれど、訪れたときの喜びはすごいと思う。

逢坂　いわばそこから文学が始まるというような気もする。一人で受け取ってじっくり読んで、自分の中でじっくり消化していくのもいいんですけれど、ともに読んだ人と「あの場面のあの人が」「あの人がこういうふうに言うセリフが」というふうに話しているときが、ひょっとしたら一番楽しいのかもしれない。そういうふうに語られるときって、たぶん一人の読者に自分一人の読みをされているときとはまた違うものになっていると思うんです。ネットの発達によってもちろん得られたものもあって。僕は**ネット上でやっている読書会というのにもよく参加していた**ので、そういうのもあるんだけど。でも、レビューサイトにガーッと自分の言いたいことを言って終わりというところから、交流というのはなかなか生まれない。ネット空間が発達したからといって、そういう読みかたが必ずしもできているとは限らないんです。なので、実際にひざを突き合わせて「あれよかったね」というふうに言えるところとか、「あの場面のあの人こうだったよね」というふうに言えることによって、自分たちお互いに共通する異世界みたいなものが一つ拡張されるんですよね。共通する世界というのがポコッと広がる。実際にはなかったことが共有できる世界というのが一つ広がる。そういう体験ができるということは、大げさに言うと、**現実が少し拡張してしまう**。世界が広がる。それはすごくいいことだと思います。それは小説だけではないかもしれないけど。

めざせ書籍化？

奈倉　小説家になりたい人にアドバイスするとしたら、とかも訊かれるんじゃない？

逢坂　いま、小説家になりたいという人が数多くいるんですけど、その一方で、小説の世界の**不景気さというのが過剰に伝わりすぎている**のかなという雰囲気をひしひしと感じるんです。小説家になる手前で二の足を踏んじゃっている人がいる。

そのことでふと思ったんだけど、本来的に**小説を書くということとプロで小説家になるということは全然違う問題**で、もっと楽しく身構えずに気楽に書いていいんじゃないのかなと思うんです。いま、いろんな人が小説を書ける環境にあって。インターネットの投稿サイトなんかはたくさんあるんだけれども、それがじゃあ気楽に書けるものにつながっていってるかというと、どうもそうなってないような感じがするんです。なんでかというと、あらゆる投稿サイトが基本的にはランキングと「めざせ書籍化」みたいなことを重視しちゃっているから。そうすると、楽しみながら書くのは難しいし、新しいものも出てきづらくなる。

投稿サイトって本来的にはすごく自由で規約に違反しなければなにを書いていてもいいはずの世界でしょう。その自由さをもうちょっと存分に謳歌していてもいいんじゃないかと思うんです。もちろん、趣味で小説を書いて、同人でやっている人はいますし、僕の知り合いにもいますけど、しみじみと趣味でやったものを誰に気兼ねすることもなく発表するということが、そういう環境があるわりに、意外とあんまり文化としては根付いてないような気がする。それができたらもっと世の中が楽しくなるような感じがするんです。大げさに言えばね。なんでかといったら、自分がいままで感じてきたことって、物語に出力することによって**思ってもないような自分が見つかったり**とか、そういったことが起きるし。その出来がいいとか悪いとかじゃなくて、**世の中にない物語を生み出せるというのは本当に楽しい作業**なんです。

奈倉　なにかを伝えるひとつの形式でもありますよね。私は文学大学にいたので、日常的にみんなが小説を書いているというちょっと変な空間だったんですけど、だからこそ「形にするのを急ぐな」というのは大事なことだった。たとえば心のなかになにかがあってそれを文字にしたい。手紙でもなく、SNSの投稿でもなく、論文でもない。でも、すぐには形にならないなにかでもいいんだ、ということは繰り返し先生も言っていた。文字にすることを急ぐと、結局すでに決まった形式に自分の感情を流し込んでしまいがちなんです。SNSなどの即時的な言葉が危ういのはそこで、**テンプレートみたいなものに自分のほうを合わせてしまうと、心に抱えていたものはそこで仮の形を得てしまう**。その仮の形がいつしか自分そのものになっていって、それ以外の言葉を紡ぐ可能性のほうが潰されていく。小説にしても、特定の界隈やジャンルのなかで評価されなきゃいけないみたいなことが、いまはすごく強いと思うんです。だからといって、そのジャンルに自分を合わせていかなきゃいけないとなると、いちばん大事なものを最初に摘み取ってしまうような、そういうシステムになってしまうんですよね。

逢坂　まさにそう。摘み取った状態から入らざるを得ない。「ランキング上位を狙う」という発想から入ると、アマチュアがまずマーケティングして小説を書くという変な事態に陥ってしまう。**アマチュアこそ自分の表現したいことを存分に検討する余地があるのに**。

奈倉　そうそう。だから「自由に書いていい」ということにはすごく賛成なんだけど、それはどこかの狭い界隈で成功したり評価をされたりということに直結しなくていいし、もっと言えば自分のなかで文字になるまでの期間も含めて、焦らなくていい。

人間がSNSでバズる言葉を出力する機械に？

逢坂　本来は小説を書くって、なんであれ自己を開放していく作業であり得るはずなんです。文学大学まで行かなくてもいいから、ちょっとした短い小説を日常で書いてみるみたいな作業が趣味として通用するならば、世の中はこんなにギスギスした感じじゃなくなるんじゃないかなと思える光景がたまにあるの。これは極論かもしれないけど。なにかを出力して苛立ちとかを吐き出す作業というのが小説でできるとしたら、**これは減らせたんじゃないのかなと思う犯罪がたまにある**。たとえば通り魔とかそういった犯行に突然至る人って、自分をそういうところでしか爆発させられないというふうに思い詰めている人はいるかもしれない。**小説はもっとずっと夢があって、誰も傷つかない**。さまざまな**苦難が昇華される可能性のある世界に小説というものがある**ような気がする。なんだけど、遺憾ながら自己を開放するところに蓋をされた状態で出ていかなきゃいけない形式がいろいろ多すぎるから。でも、「まあまあ落ち着いてよ」と思うのは、別にプロを目指して投稿する必要もなければ、ランキングを気にする必要もないし、なんだったら誰かに見せる必要さえない。自分自身もそうだった。小説を書くという作業の楽しさに目覚めたときに、救われたと思ったわけ。当時いろいろ八方ふさがりだったけど。

奈倉　文学大学の先生が、**現代は文字を書いて人に見られるという作業をあまりに大量にやらされ続けている**、という話をしていたことがあります。メールにしてもSNSの投稿にしても、「自分が書いている文章なのに、まるでそこに自分というものが存在しないうちに外に出ていかなきゃいけないような言葉」というものを書かされすぎていて、それは事務的なやりとりだけじゃなく、むしろ「好き勝手なことを言っている」という前提で書いているSNSもそう。実はそれを書いているときに書き手が気にしているのはそれを読む限られた人々のことだけだということも多々あるのに、そのことにも気づかずに「好き勝手」書いていると思い込んでいると、自分が消耗していることにすら鈍感になっていく。自由だと思い込んでいる不自由が、なによりも自由を奪っているんだ、と。

逢坂　シェアされるために書く文章みたいなものを書く作業がSNSだったりする。告知とかではそれで別にいいんですけど、たまにいるじゃん。Twitterでバズる文章を定期的に書いているだけの人。

奈倉　（笑）。

逢坂　むなしくならないかな、と思うほど、ウケる文章を一生懸命書いている。**既存の言論にちゃちゃっと手を入れてとがったふりをしたような文章が大量にシェアされる**。リツイートと「いいね」の数はうなぎのぼりになるかもしれないけど、それはあなたの本当に言いたいことですか？というような文章を、SNSをやっているとたくさん目にする。

奈倉　結局それって**本人がすごく消耗する**と思うんだよね。それが自分の言語世界になっちゃうっていうのは。

逢坂　消耗するでしょうね。同じニュースを見たって、特定のクラスタにウケるような文章を考えようと思ったら、当然「このニュースをネタにどう書けばウケるんだ」と考えざるを得ない。だからやがては**内面も変化させられてしまう**。Twitterでバズる言葉を出力する機械になっちゃうよ、というふうに思っちゃう。

奈倉　それはディストピア的だ。でも、たとえ短い言葉でも、**言葉を発するというのは本来、人間の精神にとって本質的な仕事**なんだよね。本意ではない言葉を発し続けていると、結局は**自分自身の心を傷つけてしまう**。必ずしも内容が悪いとか攻撃的だとかそういうことじゃなくても、そのプロセス自体が自己を形成していってしまう。

逢坂　そう。一時期**幻想を持たれていたほどにはインターネットも自由じゃなくなってきたし**ね。結局ある種の空間に収束していくから。小説の話に戻るけど、自分が**どの時点で小説を書くという行為に救われたか**というと、別に売れたところとか、本屋大賞を取ったところとかじゃないし、なんだったらアガサ・クリスティー賞を取った時点でさえなかった気がするんです。どうやらこれは、**この息苦しい世の中で、自分は小説を書くということができるんだという確信に至ったとき**なんです。そのときは、基本的に誰にも見せずに、投稿しては落ちてを繰り返していた。もちろん最初の頃は落ちるたびにグヘ〜と思っていたけれども、そのうちにもう「これでいいや」という気持ちになっちゃったの。定職に就いたし、もう誰はばかることなく小説を書いて。なにが素晴らしいかというと、**つらいこととか悲しいこととかあったときに、それをなにかにぶつけようとしたりすると、たいていろくでもないかたちになる**わけです。飲酒とかギャンブルとかそういうのはもってのほかにしても。ところが、**小説を書くという行為は本当にこの上ない昇華**だと思えたんです。いろんなことを小説に昇華させていって、そのまま力尽きていつか死んじゃってもいいや、ぐらいの気持ちになって書いていたら、だんだん肩の力が抜け始めた。

結果的に小説家になれたのは、紆余曲折あって十年以上もかかったけれども、やっぱりこれは書けるということが素晴らしいことであるなという気持ちにたどり着いたからなんですよね。小説家になるということをゴールとして設定して、そこを目指して書いているというプロセスを繰り返していたら、たぶん「これは俺はなれない」といって、そこで力尽きるポイントがもっと手前にあったと思う。でも、そうじゃなくて、**小説を書くことがまず楽しい**。まず楽しいので、書く時間をしっかりと確保するために仕事にしていきたい。そのためにはまず賞を目指そうと、この順番で考えたことが、自分をすごく長らく継続させてくれたわけです。もちろんこの先はいろいろ不安ではあるんだけれども……もしなにかきっかけがあってお仕事の声がかからなくなっても、たぶん僕は小説をずっと書いていると思うんです。もう体力的に限界だとなるまでは。僕はなにも特別な技能があったわけじゃなくて、小説を書き出すのもすごく遅かった。大学を出るまで自分が書くなんて夢にも思ってなかった。なんで小説家を目指そうと思ったのかといったら、世の中には小さいときから文学少年、文学少女で小説を読む立場から書きたいという思いに変わって書き始めましたという人もたくさんいますけど、僕はいろいろあって、学術で早々と挫折して、企業社会に絶望的に適合できず、やっぱり文章で身を立てたいと思ったら最後に小説家というのが出てきたという、ある意味不純な順番なわけです。それでもやっぱり充分小説を書くという行為に救われていくわけね。

奈倉　でも、ある意味ではそれはすごくいい。いまのはいい話ですね。以前、**村上龍**が『**13歳のハローワーク**』の「作家」の項目で「作家は人に残された最後の職業で、（中略）もう残された生き方は作家しかない、そう思ったときに、作家になればいい」と書いていて。

逢坂　村上さんが言いたいことは、小説家というのは最後の職業だということ。

奈倉　そう。

逢坂　小説家になるしかない、と思ったら目指せということ。なにかを経て小説家になるということはたくさんあるし。ただ、小説家からなにかになるのは難しいけどね、と。

本を読める人生って簡単じゃないかもしれない

奈倉　私は「書きたい」気持ちはなくはないですし、いまだって書いているわけですけど、どちらかというと**「読みたい」という気持ちが強くて**。本を読めたらいいやと思ったんですね。中学生かそのくらいのときに。で、「お父さん、私、本読めたらいいや」と言ったら、父に、「本が読める人生って結構、簡単じゃないかもしれない」と言われて。あとになってわかるけれど、本を読むどころじゃなくなっちゃうような生活ってたくさんあるわけで。でも、やっぱり好きなだけ本を読んでみたいなと思って、好きなだけ本を読める場所に行ったんです。そうしたら、抜け出せなくなった。あんまりかっこよくないですね、この話。いまも読めればいいやと思っています。でも読む楽しさって奥が深いし、それを少しでも伝えられているとしたら、それは翻訳にしても小説にしてもそうですけど、これほど嬉しいことはないです。

逢坂　書いていくほうは、いままさに『文學界』でやってるわけじゃないですか。「ロシア文学の教室」が完結したあとも、純文学をやったりとかそういうお考えはないの？

奈倉　文学講義形式ではない、普通のいわゆる小説のことですよね。

逢坂　うん。

奈倉　これからのことはわからないけど、ただ、私はいま書いているものが楽しくてしょうがないんですね。「ロシア文学はとっつきにくいと思ってたけど、これを読んで原作を読んだら面白い」とか、そういう嬉しい感想をもらったりして。

逢坂　それは嬉しいですね。

奈倉　すごくやりがいがある連載で。取り上げている小説は、一応訳書のあるものを基本的には選んでますけども、毎回毎回私としては原文を読んで、それをどういう日本語にするかを考えるから、翻訳プラス解説プラス読書体験みたいなものを全部ひとつにまとめるという、自分が好きなことを全部つぎ込んだみたいな、そういう小説なんです。なので、できればこういう感じの仕事は続けたい。

逢坂　それは続けてほしいな。

奈倉　本当にいくらでもやりたい。まだいっぱい好きな小説がありすぎて。

逢坂　そのジャンルをつかんじゃえばいいような気はしますけどね。「ロシア文学の教室」は本としては十回分ぐらいで仕上げてくるかもしれないけど、他のジャンル、奈倉有里先生独自のジャンルとして、文学講義を小説にするっていう。

奈倉　それはでも、ロシア文学だからできるんですよ。でも、ロシア文学だけでも本当に終わらないぐらいあるよ。

逢坂　そうだよね。古典編とか現代編とか。

奈倉　できれば一九世紀前半バージョン、後半バージョン、二〇世紀初頭バージョンとかに分けたほうがいいかなというぐらい。これは編集の人と相談しないといけないですね。勝手な話をしてます。夢です。

あらゆる職業において、プロで生きていくのは厳しい

奈倉　ものを書くのは楽しいし夢があるけど、経済的なことをいうなら「現実は厳しい」という話もよく聞くよね。芥川賞をとっても将来が不安とか。

逢坂　どの分野も厳しいけど、純文学の世界は特に厳しいでしょうね。**黒字で収支を終えられる人は少ないかもしれない**。芥川賞を取っていたとしても、作風をエンターテインメントに寄せていくとか、メディアに露出して自己プロモーションをするとか、いろんなことをうまくやらないと、専業作家としては生き残れないという話も聞きます。ただ、それってものすごいでかい話をすれば、**あらゆる職業において、プロで生きていくというのは厳しいん**ですよ。たとえばサッカー大好きでサッカーをやっている人はたくさんいるけど、プロサッカー選手になっていって、それ一本で食ってる人が何人いるの？　といったら、ほんのちょっとしかいないですよ。実際プロになって、J2でやっとまともな年収が入るらしいんですけど、J3になるとバイトしながらやっているのが現実だったりする。プロ野球だって、ものすごくおびただしい、プロにはなれなかった野球少年の死屍累々たる犠牲の上にやっと一人のプロ野球選手が成立する。でも、それでプロになれたって四〜五年

でやめちゃうというか、故障や戦力外通告でやめざるを得ない人が大勢いたりするわけです。だから、なんらかのプロとして食っていくのが難しいといったら、それはなんだってそうじゃんという話になるんです。さらに「稼げるのは一部だけだ」って話に至っては、会社員だってそうだし、公務員だってそうじゃん。

奈倉　なんだってそうという話でいうと、公務員だとか、会社に入ってクビにならなければ給料はもらえるという状態に比べれば、もちろん極端に不安定ですけど。でも、別にそれを目指して作家をやっているわけじゃないし。**安定を目指したら、そりゃ、こんなことやってませんよ。**

逢坂　**『小説家になって億を稼ごう』**の**松岡圭祐**さんみたいにすごいことを言う人もなかにはいますけど。あの本は面白かったし、とても参考になった。「一年目の確定申告は自分でやったほうがいいけどデビュー作がヒットした場合は税理士に頼もう」とか。実際松岡さんはタイトル通りの経歴のあるかただし、「作家は稼げる」という意味で直接的に夢があると語る人がいるというのは新鮮だった。「みんな不景気なことを言いだしたらきりないけど、もっと夢見ようぜ」っていうスタンスですよね。実際にこれを読んで小説家になって一億稼げるかといえば、それは別だけど。ただ、この本の話は置いておくとして、悲観的な話については、やっぱりちょっと一緒くたにされすぎだなと思うんです。プロとしての専業が経済面で厳しいということと、小説を書くというのはすごく夢のある行為だということは、ぜんぜん別個の話なんです。だからそこでプロスポーツが出てくる。「サッカーをする」ということが、イコールみんなでプロサッカー選手になってJ1や海外リーグで稼いだりするところを目指そうという話であるとしたら、それは「サッカーってすごく厳しくて苦しい世界だ」という話ができあがっていくでしょうよ。みんながそうなれるわけじゃないんだから。俺が言いたいのはそれ以前なんです。**「サッカーするのって、すごい楽しいよ」というぐらいの気持ちで、「小説書くのってすごく面白いよ」ということが言いたい**。

奈倉　分かりやすい比喩だ。

逢坂　草野球をやるように、草サッカーをやるように、本当に自宅でちょいちょい小説を書いていくという行為にはすごく夢がある。別にそこでプロになってベストセラーを出すことを目標にする必要はないし、なんだったらプロになるとか分かりやすい目標を掲げる必要さえない。それを分かっていて、趣味でやるという選択肢が出てきたときに、すごく楽しくなるし……というか、そこから創作の無限の楽しみというのが始まっていくんじゃないかと思うんです。誰かがなにかを言ってきたとしても、「ほっといてくれ、好きでやってるんだから」と言えるぐらいの強靭さがある趣味の世界というものを作れるかどうか。「プロの世界が厳しい」ってのはその遥かに後の話だし、その領域で悩む必要がある人は、本来ごく一部じゃないかな。

生活に追われると本が読めなくなる

奈倉　読むことにかんしてもそうです。読むことが仕事になるというのはなかなかないですよね。特に、好きな本を読むのが仕事というのは。でも、私の話をするなら、大学時代もその前もそうですけど、**「本が読める幸せに触れていられるんだったら生きていける」**ってずっと思っていた。本から絶えずエネルギーをもらっているから。職業としては、たとえば大学の先生は「読むことが仕事」に近いと思うけれど、読む以外の仕事に追われてしまう場合もある。だから表向きの職業名や肩書きにかかわらず、本が読める時間と心の状態を確保し続けられるように生きていきたいな。

逢坂　生活に追われて本を読めなくなるというのは、本当にいろんなところで聞く。そういう意味では、世の中がもうちょっと変わらなきゃいけないのかなという感じはする。労働時間がものすごく長かったりとか、学生といえどバイトに追われていたりとか。

奈倉　大学の先生だってそうだよね。

逢坂　お父ちゃんも大学事務でだいぶ苦しんでたしね。

奈倉　先生によっては役職の仕事やいろんなことをやらされるなかで、必死で研究時間を捻出することになる場合もある。そういうのはシステムの問題が大きくて、本当にどうにかしなきゃいけない。

逢坂　それと、読みたい人にとっても価格って結構ネックになっているのかなと痛感させられたのが、自分の本が急に売れたときです。早川書房が思いきって電子書籍版の半額セールをやったら、新しく買ってくれた人が大勢いた。五十万部を突破したのは、あそこで電子の売り上げがビャーッと伸びたから。読みたいけど高いから買えなかった人が大勢いるんだろうなということなんですよね。

いま、学校教育では若者に読書の機会を与えるキャンペーンをいろいろやっていて、その一環か、早川で高校生による『同志少女』の読書会が開かれたんですよ。僕はシークレットゲストで別の部屋でモニタリングして、その様子を聞いていたんですけど、意欲ある子はすごく読むわけ。本当にビックリするぐらい真剣に読み解いてくれるんです。ただ、このエネルギーを持続させるのが難しいと言われたら、確かにそうかもなとは思った。とにかく多忙だから。ちょっと前に観た『**花束みたいな恋をした**』という映画で、文化大好きな現代人が摩耗していく過程がやたら克明に描かれてましたけど、克明すぎて若干「これは怖いな」と思いながら、笑ったような記憶がある。いろんなカルチャーにあこがれて、それで出会って意気投合し大卒後もアルバイトで生活してカルチャーを享受していたカップルが、気分的には「結婚する手前」ぐらいの雰囲気で同棲を始める。それならちゃんと働かなきゃって麦くんという男の子が思って、しかし就職活動はうまくいかず、苦労の末にネット通販の営業職に採用される。僕はこの時点で絶対駄目だと思った。そこは絶対激務だぞ、と。案の定そこの激務にもまれていく中で、徐々に徐々に、麦くんは変わってゆく。時間がまず取れない。取れないということだけじゃなくて、仕事に追われていき、時間が忙しすぎる日常では休日に小説や漫画を読もうとしても頭に内容が入ってこないし、読んでも以前みたいに面白いと思えない。で、気づいたら過酷な残業で会社に泊まり込み、空いた時間でスマホで「パズドラ」とかやっちゃうし、本屋さんに行っても小説を読むより自己啓発本を立ち読みしてしまう感じになる。絹ちゃんていう女の子と一緒にいたいから働き出したのに、**社会によって、そもそもカルチャーに関心を持っていた自分からだんだん遠ざけられてしまう**し、女の子もそんな男の子に幻滅してゆく。現代の残酷さみたいなものが描かれている、そういう性質の映画としてはなかなかよかった。

でも、そういう在りたい自分から遠ざけられてしまう人のためにこそ、ひょっとしたら現代文学ってあり得るのかもしれない。現代社会から疎外された人に読書の楽しみを取り戻したい。「出版不況」の原因をエンタメの多角化やスマホに求めるのは簡単だけど、それ以前に**「読みたくても買えない」「時間がない」というのはもはや社会構造の問題**だもの。そうすると、果たして取り組むべきことは小説なのか社会運動なのかというような、壮大な問いがいま自分の前に浮かんじゃうんだけど。

なんでなにかのためじゃなきゃいけないの？

奈倉　空いた時間を本当に好きなことに使うような心の余裕すらなくなっちゃう、という現象は怖いよね。本を手にする気にもなれなくなる。でも、そういうときこそ本なんだよね。小説は人間の意識を変えるから。やっぱり社会は変わりますよ。

逢坂　高校生の皆さんとのお話に、まさにそのことが出たんです。どこの学校の子だったか忘れたけど、女子のかたが、「たくさん小説を読んでるんですけど、**そんなに読んでなんになるの？**といろんな人に聞かれるんです」と言っていて。それは親とか先生とか周りの子たちが言うらしい。「先生は小説とか本を読むのはなんのためって聞かれたら、どういうふうに答えますか？」と恐る恐る僕に聞いてきた。僕は「二つある」と答えたんです。一つは、**必ず世界が拡張するから**、そのために読んでいる。小説であれノンフィクションであれ、**知る前の自分と読んだ後の自分というのは、確実にちょっとだけでも変わっている**。だから、自分は世界を拡張させるために本を読んでいるし、なんだったら人の世界をちょっとだけ拡張させたいから小説を書いているとも言えると。で、もう一つあるんだけど、そもそも**なんでなにかのためじゃなきゃいけないの？**と僕は言いたい。世の中のいろんな文化とか、たとえば音楽を聴くときとか映画を観るときとか、小説を読むときに、それが常になにかに還元されて自分を豊かにしてくれるんだという結論に持っていかなきゃいけないという考えかたが幅を利かせると、確実に世の中って殺伐としたものになっちゃう。だって**「好きなことを楽しむ」ってことに存在意義を認めないんだから**。タイパとかコスパとかしょうもない言葉が流行っているけど、そういうところから離れて、「僕はこれを好きだから読むんだ。以上」で充分なんじゃない？　という、そういう考えかただってある。「だから、それは答えが出なくても正解なんです」って言ったら、納得してはくれた。

奈倉　いい答えですね。**自分はこれを好きでいてもいいんだ**って思えるのはすごく大事。それは昔からずっと大事なんですけど。でも特に社会の雰囲気が功利主義に傾いたり、あるいは「こうじゃなきゃいけない」みたいな規範が強くなってきたりすると、孤独な人が増えやすくなって、そういうとき精神的に「この本を読んでいいんだ」「こういう世界があっていいんだ」みたいなのって、とりわけ大事になってくると思うんです。そういう世界がロシア語にもあるとか、そういったものも含めてなんですけれども。本は「はい、このためです」って即答できるようなものと対極的なところにあっていい。

逢坂　そうなんです。なにかのために読むというのは、たとえばTOEICの点数を取るためにテキストを読むとか。それは明確な目標があるでしょうね。でも、小説はそうじゃなくてもいいじゃん、ということなんですよね。つまり、TOEICの点数を上げるためとかじゃなくて**読書する時間自体に価値がある**ということ。**なににも還元されない時間を**

持てるということ自体が楽しい。

先ほどは書く立場から申し上げましたけれども、結局読むほうも自由に楽しんだほうがいいわけです。小説を読むこと自体にもいまは高いハードルのようなものを感じてらっしゃるかたがいるようですけれども、別に勉強じゃないので。本を読むというのはそんなに特別なものじゃなくて、本当に楽しいのよ、っていう。小説を読む楽しさがもっと伝わればいいなとは思っている。

小説はNetflixに対抗できるか？　あるいはすべきなのか？

奈倉　編集部からの質問で、「小説を読むことが特別じゃないというところで言うと、エンタメとしての本を考えたときに、いまはNetflixなどの動画サブスクなどライバルが多いですよね。月千円ぐらいで世界中の良質なコンテンツが楽しめるようになって、可処分時間というものが限られる中で、小説を選んでもらうためにはどうすればいいのでしょう」というものがありますが、どうでしょう。

逢坂　他のメディアと圧倒的に違うところが小説にはあるんです。それはなにかといったら、小説というのは**受け手によって、百人いたら百通り違うものを体験している**んです。同じ人物が提示されたとしても、脳内でどういう人物として解釈するかというのは、文字だけでは絶対に受け止められないんです。知らず知らずのうちにある種の情景を思い浮かべたり、ある種の人物像というものを思い浮かべたり、提示された場面というのには余白があるから、それを想像したりする。**内面に喚起する力というのは、小説を越えるフォーマットというのはたぶん出てきようがない**。

たとえば『ゲーム・オブ・スローンズ』なんか典型ですけれども、莫大な予算による大長編シリーズのドラマは、確かにものすごいビジュアルを提供してくれはします。でも、これって換言すれば、想像の余地がどんどん失われているということでもあるんです。昔のチープなつくりのドラマは、背景の書割は本当に絵をストンと置いて、ここにこの遠景があると思ってください、という表現をしていたんだけど、想像の余地があった。ゲームにしてもそうです。ドット絵の時代は、これをなんとかお姫さまだと思って、こっちにいるのが勇者だと思って話を進めてくれよということで、想像力を喚起していた。だけど、映像技術が進化するにつれて、想像力を喚起させる余地が失われている。おそらくすぐに、コンピュータゲームの画面は実写と見分けがつかなくて当然だというレベルにまで進化する。

小説については、どう受け止めるかはすべてあなたにゆだねるというものだから、自分の脳内に思い浮かぶ情景は自分だけのものなんです。特に面白いと思う小説を読んだときには、自分にしかない光景が完全に広がるかのようなことがある。これは小説にしか持ち得ない強みだと思います。

奈倉　それって小説の本質なんだけど、一方ではそのことがなかなか前提として伝わってないというか。学校教育も、そういうことをあまり教えない。「小説ってそもそもそういうものなんだよ」っていうことを教えずに、むしろ逆に「この文章を正しく読むには」というような話をするでしょう。もちろん、言語を教えるという観点から、内容を理解できるようになることは必要だと思うんです。でも文学を読むってそれとはまた別の行為にもつながるということを教えることもできるはず。たとえば、バフチンやイーグルトンの文学理論をピックアップして学校教育に取り入れるとか、レヴィ＝ストロースの視座から文学を考えてみるとか、そういうことでもいいわけですよ。もちろん人名や学派の名前を暗記させるんじゃなく、文学教育の一環として、「そういったものを知ると、本を読むことがどのくらい楽しくなるか」を教えるという意味です。**二〇世紀をかけて人間は文学というものに対して、これはいったい頭のなかでどういうことが起きているんだろうということをずっと考えてきた**し、いろんなかたちで明らかにしてきたのに、それが教育に生きていない。原理としては無理なく教えられることだと思うんですよね。われわれは義務教育に携わっているわけじゃないけど、教えていくというのは必要だなということを実感してます。

逢坂　本当に学校教育、高校生あたりまでの国語教育の中で、読書の面白さに目覚めるというのは結構至難の業なところがある。文章読解にしても、「この文章構成は、文節はどうできているか」というようなところをまずやらせてしまう。もちろんそうでないと教育が成り立たないと考えている面もあるのかもしれないけど、いかにして小説を嫌いにさせるかという作業を始めちゃっている感じもある。

奈倉　それで結局「文学を教えること自体が不必要」なんていう主張をする人が出てくる。それって単に、**いちばん根本的なことを理解してない**って公言しちゃってるようなものですから。もっといろんな読みかたがある、読書はもっと広がる、ということをなにかしらのかたちで子供に伝えるみたいな、そういった時間が持ててもいいんじゃないかなと。理想をいえばね。現実はだいぶ逆方向に突っ走ってますね。

逢坂　今後の国語教育は見守っていきたいけれど、「論理国語」と「文学国語」を分けるというのも驚きの発想だった。**文学にも論理的読解は必要**であるわけだし、読書感想文なんて僕はいまやったら楽しいと思う。本来楽しく学べるものなのに、楽しさが分かる前に課題としてやっちゃうんだもん。自由な感想を言うメソッドを教わらずに「自由に書け」って言ったって書けない。結局花丸をもらうためにはどう書けばいいのか、みたいなことを小学生なりに学び取って書いていっちゃうから。

奈倉　そうですね。小説が映画とかNetflixにどう対抗するかという話に戻ると、確かに本質的に違うというのはそのとおりなんですけど、エンタメとして小説を書くならまだまだ考えることはあるんじゃないかと思う。たとえばフィリペンコが『赤い十字』を書いたときに映画をひとつ観るように入り込んで読んでほしいという意図で計画的にやったという話をしましたよね。フィリペンコはテレビ局で働いていたこともあるので、そういうことにかんして得てきた感覚というものがある。

逢坂　まあね。どうでしょうね……。

奈倉　ロシア文学だと、まだできることってたくさんあって。たとえばロシア文学がとっつきにくい理由で昔からよく言われるのが、名前がややこしくて誰が誰だかわからないということ。その気持ちはわかるんです。私はロシア語がわかるから名前もすんなり入ってくるけど、もしもまったくわからないカタカナの登場人物が膨大にいたら、読むのはハードルが高いのはわかる。だから「ロシア文学の教室」は、そのハードルをできるだけ取っ払って読めるようにしようと思って。とりあげたロシア文学の登場人物を主人公の「僕」とその友達に置き換えることによって、ロシアの難しい名前に引っかからず話の構造自体が見えるようにしてみようという試みでもあるわけです。

逢坂　文学を体験するというのはどういうことか、作中で再現してみるというか。

奈倉　そうそう。

人間が文字を手にしてから、滅びることなく続いてきた小説というもの

逢坂　エンターテインメントは産業の構造としては新しいものにどんどん置き換わってい

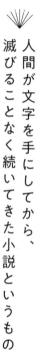

くのが常ではあるから、小説が売り上げの規模という点で無理にNetflixやスマホのゲームと戦おうとしても、対抗するのは難しいと思います。昔の洋楽で、『**ビデオが殺したラジオスター**』という曲（バグルスの『Video Killed the Radio Star』／邦題は『ラジオ・スターの悲劇』一九七九年）があったけれど。PVの台頭で音楽から「ラジオスター」が消えてゆくという歌詞。ああいうふうにして新しいメディアに置き換わっていくのは、それは確かにそうなんだと。ただし、そうはいっても小説は滅びないという確信が僕にはあるんです。なぜかといったら、**小説というのはそれこそ人間が文字を手にしてからというもの、滅びることなく続いてきた文化**でもあるから。新しいメディアこそ、時の流れという試練に耐えないといけない。いままさにテレビがそうなわけです。二〇世紀の中頃から、日本で言うならば五〇年代から始まって、テレビこそが娯楽の主流だと錯覚されていた時代というのが、実は振り返ってみると、せいぜい半世紀あったかなかったかという感じになってきちゃった。あっという間にインターネットに代わられているありさまというものを見ていると、いま新しく脚光を浴びているものがすごくはかないものである可能性だってあるわけです。

奈倉　それは本当にそうですよ。私はそこに疑いを持ったことはなくて。だって、たとえば友達と朗読ごっこをして、『**オデュッセイア**』を読んでみても、やっぱりめちゃくちゃ面白い。これがたとえばゲームだと、数百年後どころか二十年後にプレイできるのかどうかもわからない、機械やシステム自体が生きていないかもしれない。

逢坂　そうですね。映像技術やハード面の強烈な進化というのは、映像作品の寿命を著しく縮めている感じもありますね。じつは映画作品でも、フォーマットが新しくなるたびに「消える作品」があるんですよ。ＶＨＳでは流通していたけどＤＶＤにはならなかった映画、ＤＶＤにはなったけどBlu-rayでは売られなかった映画、っていう風に。中国・香港映画『變臉《へんめん》　この櫂に手をそえて』は名作だけど、ＤＶＤになっていない。だからいまから観るのは難しい。もったいない話です。それこそNetflix限定公開の外国映画なんて、Netflixでの配信が止まった瞬間に消えちゃうし。でも小説はなかなかそうならない。

奈倉　それに、互換性の低さもありますよね。文字だとそれこそ『オデュッセイア』でも、『**ハムレット**』でもいいんですけど、もともとまったく別の言語で書かれたものを何度も翻訳して、そのたびに面白い。たとえば映画の場合は、字幕さえつけてしまえばすぐに映像そのものを届けられるという点では、その強みはもちろんあるわけなんですが、息の長さという点でいうなら、文字ってある意味最強だなって。しかも、そこにはもうひとつ別の面白さも積み重なっていく。たとえば『ハムレット』を百年前の人がどういうふうに読んだかとか、あるいはどういうふうに演劇にしたかという資料が残っていて、それを読むと、それとまた少し前の年代とぜんぜん違ったり……いわゆる**古典の面白さ**ですね。**それぞれの時代の人が、その作品に自分たちの悩みを投影して、新しい読みかたをする**というのをずっと繰り返しているから、その数だけ**面白さがたまっていく**。それはたとえば、いまのわれわれが『ハムレット』を原典に近いかたちで読んで、その時代の解釈を知って、それから自分たちの解釈を考えてということをやっているうちに、たくさんのものをつないでくれるような面白さ。広がりが大きいのかな。なんだろう。可能性が多いというのかな。そういう面では本当にいいですよ。

　別にNetflixは百年後に生き残りをかけているわけじゃないと思うのでいまどう競うかということとは違う話にはなってしまうんですけれど。ただ、その面白さって、受け手も感じ得るものなんですよ。いま自分はどことつながっているのか、もともとどこにどうアピールをしたかったものをどういう経緯で受け取っているのかという面白さ。そこが、短絡的というか、短ければ短いほど、消費という行動に近くなってしまう。「はい、これあげます」「はい、どうも」っていう、できたものを受けとるだけっていうちょっとした悲しさみたいなもの、**思考をめぐらせる余白の少なさ**みたいなものがある。その余白が少ないほど、自分が頭を働かせられる余地が少なくなっていく。

逢坂　豪華になればなるほど、こっちが完成されたものを受け取っておしまいになっていくというのは、最新のメディアの行きつく先ではあるわけですよ。出版不況と長らく言われてはいるけれども、歴史を振り返ってみると、むしろある一時期の出版バブルがものすごかったということでもあるんです。いま言ったみたいに、Netflixとか、あるいはスマホのゲームもそうだけど、いろんな文化が繰り返しその最前線であり得た時代ということを考えると、**ある時期には雑誌と小説こそが最先端だった時代があったということ**なんです。皆が活字を追い求めた、二〇世紀という特有の時代。その意味でのバブルは確かに崩壊したんでしょう。ただ、そういうふうにして一過性の最先端の時代としての出版というものが終わりを迎えたからといって、文化としての小説や文芸というものが滅びるということは、それはないと僕は思っています。もちろん、商業出版は結果的に厳しい環境にはなるけれども。ただ、さっきの流行歌の話で言うなら、『ビデオが殺したラジオスター』という曲はあったけれども、その後、**ビデオというのはもう跡形もなく消え去っている**んですよね。こないだ横浜に行ったら、僕らが足しげく通っていた、それはそれでありがたい存在だったTSUTAYAがだいぶなくなっちゃっていた。最寄り駅も隣駅も無い。でも、考えてみれば、ラジオって実際生き残っている。という話です。

だから、新しいほうに淘汰されているようで、実は**古いものに宿るコアなファン**というのは必ず残っていく。小説はラジオどころの古さじゃないですから。TSUTAYAも本屋さんとして定着しているし。**歴史の審判に耐えるその形態というのは、あっていいんだよというふうに言われたのが小説**であったりするわけです。だから、もちろん厳しいは厳しいけど、それはもうみんな分かっていて、それを覚悟した人がプロの世界に入ってくればいいけど、じゃあ小説が滅びるかといったら、僕は滅びないと思ってます。

PART
3
私と誰かが生きている、
この世界について

world

これまで、幼少期や学生時代のこと、作家としての来しかたや、ご著書について語っていただきました。最後の第三章では、より大きな次元の話、二〇世紀という時間をかけて文学が描写してきたことでもある、人間そのもの、この世界そのものについて、ふだんからお考えになっていることなどをお話ししていただければと思います。（編集部）

奈倉　ふだん会ったとき、なんの話をするっけ。

逢坂　時事的なことが多いですね。

奈倉　二〇二二年のお正月は、戦争がはじまるのかなという話をしましたね。

逢坂　願望もこめて、「まあ、さすがにないんじゃないの」と話したよね。二〇一四年のクリミア半島併合以来、ウクライナは軍備増強にかなり力を入れていました。それなのにロシアが見え見えの状態で戦争の準備をすることはないんじゃないかと。その一方で、ロシア軍の配置を見ると、西部に展開可能な兵力が全部集まっているような感じだったんです。軍隊を展開するには莫大な費用がかかるし、プーチンがただ恫喝外交をやっているだけということはあり得ないとも思った。どちらの可能性を考えてもあり得ないという結論が出るから、本当に「分からない」という気持ちが強かった。

奈倉　それを私は、文化の視点から見てたんですよ。ウクライナでの紛争は二〇一四年以降ずっと続いていて、私は何度かその期間にモスクワのウクライナ文化センターで働くウクライナ人の知人にインタビューをしていました。モスクワの中心地にあるウクライナ文化センターは、ウクライナ語図書館があり文化交流イベントもあり、それまでは賑わっていたのですが、二〇一四年以降は図書館が襲撃にあったり国旗に火がつけられたりといった被害に遭ってしまって。その後、彼らのがんばりによっていったんは文化交流が復活したかにも思えたのですが、何度か話を聞くなかで、「これはあと一度は大きな武力衝突が避けられないんじゃないか」という感じになっていった。その人は妻と子がロシア国籍なんですが、結局二〇二二年の開戦以降はすぐに単身で西欧に逃れざるをえなくなって、妻と子の出国の手筈を整えて呼び寄せるために苦労しています。ウクライナに直接は関係のない人々をみても、二〇一二年ごろの選挙の不正に対するデモとその弾圧以降は、言論弾圧を筆頭に各所での弾圧がどんどんひどくなって、最後には人権擁護団体などが潰されていく。ただ、そうした面をみてきても、やっぱり最悪の事態は信じられない、というところはありましたが。

だけど二〇二二年の二月に、侵攻は始まってしまった。ウクライナやロシアについて、いままで考えてきたことを、あらためて整理して伝えていくような仕事も増えて。逢坂さんも、おじいちゃんの戦争体験のこととか、よく訊かれるよね。

逢坂　祖父の戦争経験と自分の作風が関係しているのかどうかって、インタビューでも繰り返し聞かれるんですよ。そういう質問に応じていろんなことを話していると、自分の方も、いつの間にか祖父の戦争体験が自分の作風の原点であると単純に思い込みそうになる。
奈倉 訊きやすいからでしょうね。
逢坂 『地図と拳』で直木賞を受賞した小川哲さんも同じことを訊かれるみたい。確かに祖父の影響は受けているけど、だから『同志少女』を書けたとか、そんな**単純な話ではない**。もともと僕が過去の戦争に対して関心を持っていたこととか、**学術の世界から見た独ソ戦のイメージの更新がフィクションに反映されていない**と思っていたこととか、いろんなことが『同志少女』の成立の背景にはあるので。

「戦争について書かれた本を体験した人」も一種の戦争体験者

逢坂 おじいちゃんの戦争体験について聞いたことが作品に反映されている、それ自体は実際そうなんだけど、そこに質問が多いというのは、やはり「体験」というキーワードこそが重要と思っているのかな、という感はありますね。「日本の作家が海外の戦争を書く意味」とかいう話もその辺から出るのかな。
奈倉 「戦争体験者しかリアルな戦争は描けないのでは?」という類の言説にはいくつか問題があるんですが、ひとつは「**人間の内面の自由を軽視している**」、もうひとつは「**読**

書体験を軽くみすぎている」ということにつながるんです。ジェンダーの問題にしてもそうですが、書物を「書く／読む」という行為においては、書き手も読み手も、時代時代の俗世が個々人に押しつけた生まれながらのカテゴリ――性別、人種、出身地域、家柄、血縁、生育環境によって決められた宗教、身体能力、美醜といった、知らないあいだに「自分の属性とされてしまったもの」から解き放たれる可能性を持っている。それこそが本を読む喜びであり書く喜びでもある。その可能性をとりあげる権利は誰にもない。その根本的な内面の自由を理解する人は、本はその**内容で判断すべきであり著者の属性で判断するべきではない**ということを知っている人です。これは、なにも環境が重要ではないということではなく、どちらに重きを置くかという問題です。たとえば、「この本はすばらしい本だから、この著者がいったいどうしてこんな本を書けたのか知りたい」という動機で著者に話を聞くのなら、その著者がその本を書くまでにいた環境も、読んだ本も、どちらも大事な「源泉」になります。ところが「こういう属性の人間はこういう本を書くべきではない、けしからん！」と思って本を読んでしまえば、本の良さも著者の動機もなにもかも見えなくなる。「男が女の視点で描くな」とか、「戦争を体験していないなら戦争を書くべきではない」とか、そういった類のことをいう人は根本的に本が読めない人なんだと思います。とりわけ戦争というのは利害のぶつかる現場なので、この、読書における内面の自由の原則が通じない、世俗的なカテゴリで著者を判断しようとする人が発生しやすい。でも、「日本人がなぜ海外の話を書くのか」とか、「戦争体験のない世代は戦争を書けないいんじゃないか」というのは、そもそも矛盾しているんですよ。なんでかというと、もし**戦争体験者が書いた戦争の本がほんとうにリアルに戦争を描いているなら、その「リアル」を読書をもって体験できるはず**なんです。そうじゃなきゃ本当のリアルじゃないんだから。そうであるならば、**「戦争について書かれた本を体験した人」も一種の戦争体験者になるはず**なんです。もしそうじゃないんだとしたら、戦争体験者が書いた戦争の本もまた本当にリアルじゃないということになってしまう。

どうしてこれがそんなに大事かというと、戦争を体験した世代が戦争を描いた動機のなかでいちばん尊い「**戦争を繰り返さないために**」**どうしたらいいのか**ということを伝えるという仕事は、もっと**伝承可能性の高いもの**だからです。もし戦争について書くのが「自分は戦争の現場にいた」ことを証明するためだけだとしたら、これほどくだらないものはありません。けれども、戦争を繰り返さないために書くことが目的であるならば、戦争を体験してない世代が、戦争を体験した世代が書いたものをどう継承していくかというのはひとつの大きな仕事になるわけです。

逢坂　戦中派・戦後派論争があった時代は、ある種の強烈な体験をした人間だからこそ書けた作品があったでしょう。僕に**大岡昇平**の『**野火**』みたいな小説は書けません。ただ、当事者しか語れないことはあるけれども、それが**絶対的なものとは言えない**と思います。

実際のところ、戦争というものを一番巨大なスケールから、なおかつ当事者として語れるのは誰かといったら、将軍たちなんです。ところが、将軍たちが残した回顧録ってぜんぜんあてにならないの。どうしてかというと、将軍たちは後世の人のために事実をありのまま残そうなんて考えていないから。百パーセント自分が立派な軍人だったと思われたいという欲求しかないんです。少しでも歴史の資料を読んでいる人ならば分かるけど、批判的な注釈なしで真に受けて良い将軍の回顧録なんてない。僕も『同志少女』を書くときにドイツ軍のマンシュタインやソ連軍のジューコフの回顧録を読んだけれども、ひでえものなんです。自己弁護と自慢に満ちている。

じゃあどうやって後世の人間が戦争を学ぶかといったら、**当事者の残した記録に対する実証的な批判を踏まえて更新されていく研究者の学説を参照しなきゃいけない**。最新の研究成果をまとめた資料を読み込んで、さまざまなレイヤーから戦争の実像を見ることによって、リアリティの強度の高い物語にすることが可能になっていく。

もちろん、当時の兵士たちが個人の視点で書いたものにしかないリアリティはあります。しかし、それはどちらかというと、**小説というよりはノンフィクションのリアリティ**なんですよね。先ほど有里先生がおっしゃったこととつながるけれども、体験していない世代の人が戦争に思いをはせてフィクションを作っていくということをしなかったら、戦争はただ先人たちが書き残した資料と、遠い世界のニュース映像の中に押し込まれてしまう。

そこからは結局自分たちが思いをはせる人間、自分たちに近しい人間とは無縁の世界だというような結論が容易に導き出されるんです。実は一番それが恐ろしいことなんです。いままさに繰り広げられている戦争も、あるいは過去にあった戦争も、みんな等しく**自分たちと同じ生きとし生ける人間の命を奪っていくものだった**ということを、フィクションの世界で伝えていかなかったら、戦争に対する想像力というのは必ず失われていく。

それから、日本人がなぜ海外の戦争の話を書くのかという話。この問題に関する質問も、『同志少女』を出したときに山のように受けたんですよ。一番最初は、小説が出版されるまえ。複数の新聞社の記者さんが、「なぜ日本人が海外の戦争を語らなければならないのかというような議論がなされまして、全くナンセンスだと思うのですが、逢坂さんはどのようにお考えでしょうか」って。俺に聞いてもしょうがねえだろ、そんなもん、と思いました。

だいたい、線引きの仕方がおかしい。日本人が太平洋戦争を書くとしたって、さすがにもう戦中派作家はいないわけです。そうすると、「経験の欠如」という問題点はすべての戦争に共通しているのだから、日本人が日本の戦争を書くのはいいけど、外国の戦争は書いちゃいかんという論拠はいったい那辺にあるの？ となるわけです。

奈倉　私は日本の文壇をぜんぜん知らなかったので、そんなに保守的なことをいう人がいる世界なのかってちょっとびっくりして。

ロシア文学でいうなら、「戦争を体験してない人は書いちゃいけない」というのは、たとえばアレクシエーヴィチの**『亜鉛の少年たち アフガン帰還兵の証言 増補版』**のなかで、アフガン帰還兵が「著者」に向かっていう言葉のなかにあって、「俺たちはあの戦場に行ったから書いてもいいけど、お前なんかが書くな」ということを電話口で叫ぶわけです。それは兵士の気持ちとしてはわかることですが、わかるというのは理にかなっているということではなく、**「こんなにつらい思いをお前はしていないだろう」という、心の傷の叫び**として慮ることができるということです。

逢坂　「俺たちに色々言うお前はなにも分かってない。実際に体験してないじゃないか。危険なところに行ってないじゃないか」という憤りですね。

奈倉　「気温五十度の中をあの装甲車に閉じ込められた気持ちがお前にわかるのか」という。でも、それは正しいとか正しくないとかではなくて、**どうしようもない怒り**で。兵士がそう思う心理はまだわかるにしても、それを現代の人が形式的に引き継いで、「戦争体験者が戦争を書くべき」と教訓のように語るとしたら、ちょっとナイーブすぎるというか、おかしなところだけが引き継がれてしまっているなと思います。

逢坂　日本の文壇においてその語りがかろうじて有用だったのは、戦中派と戦後派作家が両方現役で論争できた時代だけなんですよ。

奈倉　かなり昔ですよね。

逢坂　しかも、そこで想定されている戦後派は、戦中に生まれているけど兵隊として前線には行っていない人たち。同時代を生きているのに体験したことが違うから、論争が起こったんだよね。

実体験がなければ書けないという論理を受け入れて、現代の日本人が書く太平洋戦争についての小説も全否定するのならば、まだしも一貫性はあるかもしれない。でも、そんなことは誰も言わないじゃん。

奈倉　体験していないという点では同じはずだよね。昔の論争の名残が権威を持つようになってしまうと、なにかを排除するための道具になってしまうというのはよくある話だけど、それにしてもそういう「外国を舞台にする」ことに対する否定的な、否定的なだけじゃなく冷笑的な、「おまえにそんなことわかるの？」みたいなものがあるとして、そういうのがまかり通る社会というのは危ないですよ。それを異分子として見るような視点が一般に普及する状況は。まして文学がそうなったらおしまいです。

逢坂　結局「なんでそんなに海外の戦争のことを考えてるの？」というふうに疑問を持たれたら、なんでだろうと思うような面は確かにあるんだよ。でも逆に「日本人なんだから海外の戦争のことは考える必要はないのです」って言ったら、それがいかに危険な考え方かが分かるでしょう。いまなら特に。

奈倉　もしロシアの作家が「ロシア人なんだから外国の戦争は描くな」っていう圧力をか

けられてたら怖いのと同じですね。

逢坂　そうそう。一般読者から素朴な疑問として聞かれたら、それに答える用意はできているわけです。なぜ独ソ戦なのかというのもさんざん言ってきたし。ただ、文壇がそれを言っているのはかなり……。

奈倉　おかしい。

逢坂　**小説界における自己否定ではないのか**なと。

奈倉　ほんと。自滅ですよ。

逢坂　その論理で行くと私小説しか書けなくなるんじゃないのかなと思う。

奈倉　うん、いろんな意味で狭くなっていると思う。

自分ではない誰かについて

逢坂　自分とは違う人の視座を読者に提供するから小説って意味があると思うんです。例えば角田光代さんが『タラント』に描かれているような経験を全部してきたかっていったら、そうじゃないでしょう？　登場人物と世代もぜんぜんちがうし。

貧困や差別や暴力は、経験しないで生きてきている人もいる。でも、ニュースを見聞きするだけではわからない社会問題も、当事者を描いた小説があれば、内面に喚起して理解を促すことができる。**自分ではない誰かの立場を描くというところに、小説の非常に大き**

な意義がある。僕は**人間の営みの中で最も巨大なものが戦争**だと思っている。その巨大なものの中に外国の戦争も含まれる。外国の戦争を素材にしてしか描けないことはあるし、自分なりに描けたと思っています。

『同志少女』にはオリガというウクライナ出身の少女が出てきます。書評家の大矢博子さんが『労働新聞』に掲載された『同志少女』評の中でロシアによるウクライナ侵攻にふれて、「これを読んでいたからこそ今回のニュースを「**オリガの国の話だ**」と感じることができた。いまのかの地にいる多くのオリガたちに思いを馳せた。これが、「**ここではない場所・今ではない時代**」**を舞台にした文学の力なのである**」と書いてくださったときはほっとしました。「よかった。僕が伝えたかったことを読んでくれる人がちゃんといるんだ」って。

奈倉　ジャーナリストの安田菜津紀さんはAmazon Exclusive「JAM THE WORLD - UP CLOSE」で配信された『同志少女』のインタビュー記事の中で「主人公セラフィマは、なんのために戦うのかと問われ、「女性を守るために」と答えました。私はシリア北東部で、同じことを答えた、セラフィマと同年代、つまり十代後半のクルド部隊の女性兵士に出会ったことがあります」と書いていますね。

逢坂　そうなんです。僕はクルド人を主題にした小説も書いたことがあったので、びっくりしました。シリアで戦っているクルド人勢力に、「クルド女性防衛隊」という、女性の軍隊があるんです。そこにいる十代の狙撃兵で自身はアラブ人の女の子が、セラフィマと同じことを言ったんですって。対談が終わった後に実際の映像も見せていただきましたが、身につまされる感じがすごかった。胸に迫る姿ではあるけれど、本来は**子供にそんなことを言わせちゃいけない**。あの時のシリアのクルド人は、国内外が敵だらけのうえに、南からテロリスト集団が攻めてくるという最悪の状況に置かれていたから、彼女も強くならざるを得なかったわけです。この姿をどうとらえたらいいんだろうと考えたときに、だからこそ僕は女性狙撃兵を主人公に選んだんだなと思い直しました。

戦争は過去のものではなくて、いまもいろんな場所にセラフィマやオリガのような人たちがいる。戦争がなければ、彼女たちにはもっと別な道があったはず。**殺し合いをするのは絶対に人間の本来のあり方ではない**ということを考えてほしくて『同志少女』を書いたんです。

独ソ戦という日本人にとってはなじみが薄いものに素材をとって、知らない人に感情移入してもらうことによって、戦争の普遍的な悲惨さを伝えられるんじゃないか？　それが『同志少女』を書いた出発点でした。この本をきっかけに、シリアとか、イランとか、ミャンマーとか、パレスチナの戦争にも目を向けてもらいたいと思っていた。そうしたら、本が出てまもなく小説に出てきたロシアとウクライナの二ヶ国で戦争が起こってしまった。自分の書いたことが現実に近づきすぎてつらいんですけれども。

奈倉　本というのは**作者の体験どころか意図も目論見も超えて、描かれたはずのものとは別のもののリアリティにつながる**ことも多々あるということです。たとえば**ワシーリー・アクショーノフ**の『**クリミア島**』は、地理改変小説というか。クリミア半島ってほとんど島のような半島で、ちょっとだけ大陸とつながっているわけですが、もしあれが本当は島で「クリミア島」だったらという、地理をちょっとだけ改変して、そのクリミア島が一九一七年の革命のときにソ連にならないで独立している。それで一九七〇年代くらいになってロシアがクリミア側の要請に応じて「歴史的祖国」であるロシアにクリミアを併合しようとする。それが二〇一四年ごろには予言小説みたいに言われるようになっていた。でもそれは決して偶然じゃなく、あの小説がクリミアという土地がもともともっている多民族性や歴史の複雑さを克明に描いていて、それだけじゃなく、併合の際におこなわれる「軍事パレード」と称した武力による脅しだとか、過去の記憶と混乱して曲解してしまう老人だとか――そういう、政治の悪どさや一般的な歴史認識の危うさなどをくまなく描いているからなんです。小説が書かれた当初は、これは空想小説だとか、あるいはソ連ではあまりなかったダイナミックなストーリー展開が面白いハードボイルド小説だとかいわれていたわけですが、そこにいかに現実の深いところにある問題が描かれていたかということに、**私たちは何十年も経ってから気づくかもしれない**。小説はそういう可能性も持っている。なにがリアルかなんて、即時的にはわからない。空想だと思われた小説が予言的な内容だったとして見直されるとき、大事なのは「予言かどうか」ではなく、社会に潜在している問題を作家がいかに感じとって盛り込んでいたのかということなんです。どこかで読んだ戦争の話が、別の戦争を描いた小説のなかでリアリティを発揮することもたくさんある。ところで、逢坂さんが『同志少女』を書くときに参考になった戦争小説はありますか？

逢坂　まず、**エーリヒ・マリア・レマルク**の『**西部戦線異状なし**』。実際の戦争を経験した人が帰ってきて、その悲惨さを淡々と語る。オーラルヒストリーに近い小説です。

あとは**ジャック・ヒギンズ**の『**鷲は舞い降りた**』ですね。あの作品は、日本人が読んでいると、見落としがちな文脈があって。ナチスドイツの落下傘部隊がイギリスの首相チャーチルの誘拐ないし暗殺計画に挑むという話ですが、著者のヒギンズはイギリス人なんです。つまり、最初に想定している読者がイギリス人であれば、敵に感情移入するような形で書いている。ドイツ＝ナチス＝悪と簡単に片づけられない、むしろ愛すべきロマンチストである主人公クルト・シュタイナーをはじめ、魅力的な登場人物が作戦を行うチームに集まってくる。**読んでいると動揺するん**ですよ。チャーチルを誘拐するドイツ軍なんて応援できるはずがないのに、応援したい気持ちになってしまう。そして彼らの作戦が失敗することは史実として知っているし。そこになんとも言い難い悲哀が生じるわけです。**敗北に向かって走る魅力的な人々に感情移入することを通じて、戦争のむなしさが圧倒的に立ち上がってくる。**ものすごく参考になりましたね。

自分のテイストはどちらかというと『鷲は舞い降りた』に近い。ドラマチックに話を作っていくんだけれども、ただ好戦的なところで終わらないために、感情移入する先を選んでいる。だからこそ、日本人にとっては縁遠い独ソ戦を素材にしたわけです。

人間が武器と戦うのが戦争

奈倉 「戦争文学で反戦を伝えるには」(『図書』二〇二二年六月号)の対談のとき、私は**「逢坂さんが戦争を突きつめて戦争を否定するのに対し、私は平和を突きつめて戦争を考えざるをえなかったのかもしれない」**って話しているんだけど、これってつまりどういうことだろう、っていう反響があったんだよね。どういうことなんだろう。

逢坂 難しい……。

奈倉 考えかたが違うというよりは、タイプが違うのかな。

逢坂 関心の所在がね。

奈倉 これは本人たちが考えてもよくわからないんじゃない?

逢坂 わからない。

奈倉 たぶん、他人が見たほうがよくわかるんですよね。**なんで自分はこれを好きなのかみたいなことって、一番わからない**。なんで私は詩が好きなのかと言われても、「なんでかな。詩を読んでいると楽しいんだよな」とかいう答えしか出てこないので。

逢坂　「なんでそんなに戦争の話ばかりしてるの？」って学生時代に言われたことがあるけれど、なんでと言われても困るんだよね。

奈倉　私がロシアにいたころも戦争の話からは逃れられなかった。どうしても考えてしまうという点では、共通していると思う。

逢坂　なんだろうね。

奈倉　ただ、考えを突きつめると逃れられないことっていうのがあって。どこかで戦争が起こっていたり、貧困があったり、ひどい差別があったりすること自体はどうしたって事実なのに、**それが存在しないような顔をして生活するのは卑劣なんじゃないか**と感じてしまう。

　それで、じゃあ平和がなにかかっていったら、これはもう、武器のない世界なんです。なにが戦争をしているかって、武器なんです。**武器が人を殺している**。さいきん詩人で翻訳家でもある山崎佳代子さんとの対談でも話したんですけど。

　山崎さんは旧ユーゴスラビア内戦を経験しているので、その悲劇を知っているんです。どっちがどっちを殺すための武器だという名目で武器が作られる。それだって大問題ですが、その名目すら守られる保証はどこにもない。いまだったらウクライナがロシアを攻撃するための武器であれば援助すべきだという意見もあるわけです。それで、「これは絶対に目的にしか当たらないぞ」というような武器だと言われることがあるけれど、そんなことはあり得ない。結果的にどこのどんな武器に殺されたかなんてわからない遺体がたくさん残る、と。

逢坂　有里先生と決定的に違ったのは、僕はずっと武器のことを考えているということ。**武器について考えるのが大好きで武器が大嫌い**。現実にある武器および兵器は絶対に忌むべきものだと分かっているけど、スペックのことを考えたり調べたりするのが好きなんです。なんでかというと、**テクノロジーの結晶だから**。兵器と軍隊の歴史をたどっていくと、**人間の英知を結集して人殺しの道具を作っている**んですよ。古くは戦国時代に武田軍が矢の頭にかえしを付けた話から、現代戦におけるインフラ破壊の方法に至るまで人が人を殺すために、こんなにも創意工夫をしているんだということが、頭から離れなくなったわけです。

奈倉　それは「好き」とは違うんじゃないかな。

逢坂　全然違う。戦車対戦車の砲撃戦なんか、よくかっこいい絵柄になっているけれども、実際は悲惨ですよ。第二次大戦の頃に開発された特徴的な砲弾にＨＥＳＨ（粘着榴弾）というのがあって、相手の装甲をぶち抜くのではなく、撃った側の戦車の砲弾が相手の戦車に着弾すると、被弾した装甲の内側が砕け散るから、乗っている兵士はその飛散した破片で死ぬという。よりによってそんな邪悪なものに、高度な科学技術が使われてしまう。一時期は現代テクノロジーが民間人の被害を最小限にするスマート爆弾や精密爆撃に行き着くんだ、という印象づけがなされていたけど、その種の話は本当に幻想なわけで。

奈倉 どこかで読んだかも。山崎さんとの対談のときに聞いたのはなんだったかな。**武器の名前は覚えられない**。

逢坂 ＪＤＡＭとか精密誘導爆弾とか。

奈倉 そんな感じ。

逢坂 巡航ミサイルとかね。

奈倉 私たち、武器の名前が言えるか言えないかの違いですね。

逢坂 かもしれないね。

奈倉 武器の名前は言いたくないし、覚えたくない。翻訳していると出てくるわけですよ、武器の名前が。でも昔はもっとひどかったですよ。爆撃と砲撃の違いがわからなかった。

逢坂 えっ。

奈倉 そういうのってわからないですよ。わかりたくもない。

逢坂 爆撃と砲撃は頭の中で浮かぶイメージがぜんぜん違う。

奈倉 わかんない。

逢坂 そうなの？

奈倉 いや、いまはさすがにわかるけど。昔はぜんぶおんなじイメージというか、嫌なものから目を逸らす感じですよね、想像したくないから。でもそれじゃあさすがに翻訳ができないので、調べて覚えるんですけど、翻訳が終わると忘れちゃうんです。やっぱり覚えていたくないんですよ。**そういうことを頭のなかに残しておきたくない**というか。本当にそういう嫌な武器もたくさん出てくるんです。看護師さんが「人を傷つけるだけじゃなくて、人の体の中に入ってそれがさらに臓器をずたずたにするような、いかに長く人が苦しむかを考えて武器を作るなんて、いったい人間はどうなってるんだ」と思いながら治療している場面なんかが出てくるんですけど。

逢坂　ダムダム弾とか、ホローポイント弾かな。それかAK－74とかの、弾頭の中をくりぬいて空洞をつくるやつ。着弾と同時に弾頭が変形して人体を破壊しながら進むんです。

奈倉　ひとことに戦争を描いた小説といっても、アレクシエーヴィチの翻訳をするのが精神的にきつかった理由のひとつが、武器の名前やその詳細が出てくるところですね。フィリペンコにはそういうのはなかった。

本はどこかで平和とつながっている

奈倉　私が戦争を考えざるを得ないのは、私が好きな詩とか小説とか歌とかの世界は、自分だけがそれを読んで楽しければいいというようなものではないから。**誰かと一緒に物語を分かちあったりとか、あるいは遠くの人と全く同じ本を読んでいたりとか、そういう世界じゃなきゃだめ**なんです。それぞれの小説が具体的な戦争を描いていようといまいと、

本は根本的にどこかで平和とつながっていると思うんです。

実際、文学大学にいたときに本当に楽しかったのは、向こうの学生と、子供のころに読んだ本が同じだったということを発見したときでした。『**トム・ソーヤーの冒険**』や『**ロビン・フッド**』は向こうの子たちも読んでいるし、自分も読んでいる。出会って間もないうちから、その話をして盛りあがれるわけです。そういう本があるって本当に大事なことなんだと思って。行く前は、ロシアでも『**長くつ下のピッピ**』が広く読まれているなんて知らなかったし。そういうのを見つけるたびに、「**なんだ、同じものを読んで育ってきたんじゃゃん、もう友達じゃゃん**」ってなるの。児童文学だけじゃなく、そのあともジ**ュール・ヴェルヌ**に夢中になったり、思春期に**ヴィクトル・ユゴー**を読んだりトルストイを読んだりしているわけで、そしたらもうずっと一緒に育ってきたみたいなものじゃないですか。やっぱりあらためて翻訳って大事だなと思ったし。で、その世界ってどうしてそんなに大事かというと、やっぱり「世界のどこにも爆弾を落としていい場所はない」ということとつながっているんです。どこの人とでもそうして同じものを読める可能性を、翻訳者たちはすごい長い時間をかけて作ってきた。自分が想像していたよりもずっと、人間って同じ本を読めば同じような心の動きをするし、その感動を共有することができる。でも、それをすべて破壊するようなことが起きてしまうと、やっぱりほんとうに戦争は憎いというか、武器が憎いということになりますよね。これは繰り返し言っているんですが、世界から戦争をなくすために生きようと思うのなら、戦争をするような権力者とは違う枠組みでものごとを見なくてはいけないんです。いま、私は文学が好きだから『ピッピ』の話をしましたけど、別にそうじゃなくても、さまざまな**文化や学問や、あるいはポップカルチャー**の世界でも、**世界はいろんなところでつながっていて**、みんなそれぞれの専門分野で同じような人とちゃんと話せば、もっともっとずっとつながっているんですよ。私が世界の児童文学の話をしてロシアの子たちと盛りあがったような体験は、やろうと思えばいろんな分野の人ができる。

たとえば「日本固有の何々」とか、「伝統・文化によるアイデンティティ教育」とかを主張している人たちが主張している精神世界って、**ものすごい無理があって**。

逢坂　無理がある。

奈倉　**お花見とか世界のどこでもできる**し、いくらでも類例のあるようなことを、まるで自分たちだけのものみたいに表現して。これについては『**ことばの白地図を歩く　翻訳と魔法のあいだ**』（創元社）のなかでも書いたので、現代の教育委員会の資料なんかも参照したんですが、怖いんですよ。「これはここにしかない優れたもので、別のところには別のものがあるだろう」というようなことを、まるで「別のもの」を認めているみたいなそぶりでいうんですが、それでいて「別のもの」に対する想像が完全に欠如してるんです。「想像できないもの」として据え置いてしまうことの怖さがわかっていない。その状態であるときたとえば「あの国はテロ国家だ」とか、「敵だ」とか盛んに言われるようになると、想像のつかないところだからそういうこともあるのか、と簡単に信じてしまうということが起きてくる。

逢坂　自国に固有の歴史、文化、伝統、あり方というものがあるんだという考え方は、特に凋落国家においては人気がある。なんでかというと、未来に展望が持てないのに対して、過去に特殊性を見いだすのは比較的容易だから。現在の自分たちにとって都合のいい過去にすがっていけばいくほど、固有の文化や伝統に根ざした「国民性」というものを持っているという考え方が導かれる。すると他国に住んでいる人は自分たちとは国民性、すなわち内面が違うんだという結論にまで容易に到達してしまうんです。そういうところから、**国を異にする他者の痛みに対する、絶望的なまでの鈍感さ**が醸成されていく。ロシア政府がウクライナにしていることは、明らかに民族的優位性というものを背景にしている。それはソ連崩壊以後のロシアが延々と再生産してきた「偉大なるロシア」という幻想と、「幼稚なウクライナ」という侮りを背景にしている。日本でそれが果たして無縁であると言えるかというと、残念ながらそうじゃないですね。えーと、なんの話だっけ。

奈倉　私と逢坂さんが違うタイプっていう話をしてましたね。武器の名前を言えるかどうかが違う。

逢坂　武器とか戦争とか、結局それらは否定すべきものだという発想は、一度も自分の中で揺るがなかったんですよ。それっておじいちゃんがいたからだと思うんだけど。ただ、それでも自分が心惹かれてしまう**武器とか兵器とかいうものを通じて、いったい人間はなにをやってきたんだ**というふうに関心の所在を探ってきたのが自分のあり方。で、「本当に戦争ってひどいですね」というところにたどりつく。戦争というよりは、ひょっとしたら武器をどうとらえているかが一番決定的に違うのかもしれません。

奈倉　私は武器をどうとらえているのか。大事なのは武器の種類じゃないということはわかるんですよ。例えばトルストイの『**イワンのばか**』のなかで、戦争をしたがる兄がいて、片方が武器を増やせばもう片方も増やすみたいな感じで戦う。お互いにどんどん武器を増やしていって、ただの砲撃じゃなくて火のついた弾が飛んでいくようにするとか、それじゃあ足りなくて、今度は空を飛ばせて爆弾を落とさせようとする。これは、人類が空襲を始める前の本ですけど。

逢坂　本格的に空襲をやり始めたのは第一次大戦からで、空襲という戦術ができたのがその少し前ですね。

奈倉　そう。当時はわずかに気球を使った例があるくらいで、集団でやる空襲のような形にはなっていなかった。でもトルストイは一八八〇年代にそういうことを考えてる。火を噴く爆弾を作り、空から落とすだけじゃ足りなくなる。男だけじゃ兵力が足りないといって、今度は女たちを空に飛ばせて、そこから爆弾を落とさせようということになる。そしてそうした応酬の果てに国は結局滅んでいく。

逢坂　マジでソ連はそれをやりましたからね。女性による夜間爆撃隊。

奈倉　**一九世紀の想像力で、二〇世紀に起こることをほぼそのまま描いてる。**

逢坂　いわば戦争のエスカレーションと暴力のエスカレーションという仕組みを予見していたわけですね。

奈倉　だから**トルストイで充分すぎるほど充分じゃないかなっ**ていう。武器を増やすことを防がなきゃいけないんじゃないか、というところに落ち着きますけど。

逢坂　僕はどうしても武器から離れられないからね。武器から離れられないから見えることもある。トマホーク四百発購入するから安心とか、途方もないバカバカしさですよ。本当に攻撃しようとする時に、そんなもので諦める国はないからね。攻撃するという前提に立つ国がそこにあるなら、当然ながら迎撃能力を高めて、攻撃能力をさらに増強させるだけ。大体、反撃だけに使うなら、どこを狙うのかということなのよ。発射地点は隠匿されるし移動するのに。

奈倉　ほんとにね……。兵力で争ったらきりがない。

良心的兵役拒否をしたのに奇跡的に生き延びた、北御門二郎

逢坂　トルストイといえば、**北御門二郎**さんの話もしたいね。

奈倉　北御門二郎さんは、農園を営みながらずっとトルストイを翻訳していた人なんだよね。

逢坂　僕がある講演で、日本の文学における戦争に関する報国会の活動（日本文学報国会、大日本言論報国会のこと）について触れたことがあったんですね。その時に、文藝春秋の方がいらして、**門井慶喜**さんの「**ペン部隊**」という短編を紹介してもらったんです。文藝春秋の創業者である**菊池寛がどうして戦争協力に突き進んだのか**、当時の作家たちの直面した圧力と迎合をうまく書いていた。

本当に戦争に反対する文学者は少なかったんですよね。例えば**武者小路実篤**はトルストイに影響を受けて、一九二一年に『**戦争はよくない**』というものすごく素朴な反戦詩を書いている。その武者小路実篤さえ、**残念ながら戦争協力者になった**。

でもインターネットでいろいろ調べてみたら、武者小路実篤と同じくトルストイに影響を受け、反戦をつらぬいた人がいたということがわかって。それが北御門二郎さんなんです。徴兵を拒否して奇跡的に生き延びて、農業をしながらトルストイを翻訳した。僕が北御門さんの存在を知ったのと同時期に、有里先生も『**北御門二郎　魂の自由を求めて**』という伝記をもらったらしくて。

奈倉　私が日本ロシア文学会の学会で発表したとき、その本を書いた**ぶな葉一**さんがいらしたんです。『**夕暮れ**』で私がトルストイが好きでロシアに行ったという話を読んで「私と北御門さんはトルストイを広めたくてずっと頑張ってきて、こういう人が出てきてくれたかと思って嬉しくて」と言ってくださった。私はもちろん北御門さんを知っていて、尊敬する人でもあったのでうれしかった。北御門さん自身が書いた**『ある徴兵拒否者の歩み』**もよかった。

逢坂　北御門さんって、**おじいちゃんに似てる**なと思った。

奈倉　おじいちゃんに似てますね。トルストイが好きで、**平和と農業を指針にして生きた**人。

逢坂　農業をして生きるということが、トルストイの思想の実践でもあった。

奈倉　そうですね。トルストイが孫娘と手をつないでいる写真を最初におじいちゃんに見せたとき、「おお〜、このおじいさん、孫娘と手をつなぐために手袋を片っぽ外してるな」とか言っていて。おじいちゃんがトルストイの話をするとき、まるで知り合いの農家のおじいさんの話をするみたいな感じで「このおじいさん」って言うのが面白かったんです。この感じは北御門さんにも共通してるんだけど、やっぱり農家仲間のおじいさんみたいな、そういうふうに見ているところがあったんじゃないかと。トルストイはきっと喜ぶと思うんですよ。**自分の思想と生きかたに齟齬がないように生きるってほんとうに難しい**けれど、自分に照らしあわせて考え続けなきゃいけないことだなって。そういうことも含めて、特別嬉しい出来事だった。このまえ、大学の演習でもトルストイと北御門二郎についてやってみたんだけど、北御門二郎さんが、戦争にまっしぐらだったあの時代の日本で、正面から徴兵を拒否して、しかもそれがなぜか通ってしまうといういきさつにびっくりしました、という感想もあった。

逢坂　**いまとなっては謎**ですけどね。北御門さんを逮捕しないと決めた人ももう当然存命ではないだろうし、本当に奇跡が起きたとしか言いようがない。実際本人も軍法会議にかけられて銃殺されることを覚悟していたみたいだし。

　もし裁判にかけるんだとすると、かなり際立った政治犯になる。戦時中の思想の取り締まりって苛烈で、有名なところでは、反戦的な落書きで捕まった人が、**裁判にかけられず拷問されて死んでいる**んです。裁判にかけられてないから詳しい記録もないんだけど、わずかに焼かれず残された特高警察の資料がかろうじて本になっていたりする。というのが当時の世相。その中で、良心的徴兵拒否ができたのは不思議ですし、生還した理由を検証するのはたぶん不可能であろうという感じですね。

　北御門さんのような生き方にはあこがれるけれども、**このように生きることが常に可能かと言われたら難しい**。いま、ロシアで反戦運動が軒並み暴力的に鎮圧されていく中で、絶対に戦争を拒否する立場を貫けるかといったら……。例えば、徴兵の通知の手紙が自分のところにも来たという動画を遺して自殺した**ウォーキーというラッパー**がいましたよね。彼は動画の中で「いまのロシア政府はすべての若者の男性をつかまえて、お前は殺人者になるのか刑務所に行くのか、それとも死ぬのかの選択肢を突き付けようとしている。私はどんな理由があっても殺人に手を染めたくはない。私は戦争に協力しなかったことをもって記憶されることを望むし、皆さんがこの難局を切り抜けることを願っています」というような主旨の話をしていた。

戦争に行くことを拒否するならば死ぬしかないという状態で抵抗があるとするならば、ウォーキーというラッパーの最期も極限の抵抗のあり方ではある。ただ、いまのロシア人に対して徴兵を拒否せよと言うのは、死ねと言うことに等しいんですよね。抵抗するのは難しいことだと思う。

結局どうしたらいいのかといったら、戦争反対と言っても機動隊にぶちのめされない人がその声を上げていくしかない。**安全な場所にいる人が、戦争に反対する発言をしていかなければならない**。「日本国内でロシアに対する反戦デモをやって意味あるの？」と言う人がたまにいるけど、ロシア国外じゃないとできないんですよ。ロシアにおける反戦運動は事実上不可能になっている現在、ロシア人の戦争に反対している声をちゃんと目にするためにも、あるいはそういう人たちがいるということが内外に忘却されないためにも、声をあげることが必要だと僕は考えています。

奈倉　そうですね。現代のロシアの話につながりますけど。いまの状況って、もちろん反対と言えない状況なのも確かですし、それに加えて、あたかも反対者がいないかのように見せかけるということを政府が全力でやっているわけです。それは相当無理があるわけですけど。例えば作家数百人が「特殊軍事作戦」に賛成しているという署名が出たというニュースがわりと初期にあったわけですけれども、作家数百人っていったいどういうことだろうと思って署名を見てみたら、知っている作家が一人か二人しかいない。私はロシアの現代作家については仕事柄普段から調べていますけど、それでもです。ロシアには形骸化した作家同盟やその地方組織といった政府の下部組織はたくさんありますから、作家と名乗りたい人を集めてサインさせれば数だけは集まるんです。ところがそれを日本で「ロシアの作家数百人が戦争賛成の署名をした」というふうに伝えてしまったら、それは大きな誤解を与えるわけです。だって、たとえば日本で翻訳されているロシア語作家をすべて挙げてみたとしても、ほぼ全員が戦争に反対している。だからこそ、ほとんどすべての人が国内にいられなくなって外に出ているわけですけれども。「いまロシアの国内にいる作家はどうなんですか？」と訊かれることもあるんですけど、もしなにか思ってももちろん言えるような状況じゃない。そんななかで国を支持しますと言っている人の人数をそのまま言ったって、なにも伝わらないんです。ところが、国家がやっているだけあって、そういうのが一応オフィシャルなデータとして出てしまうので、それに基づいて内情をよく知らない人があれこれ憶測をしたりとか、そのデータをもとに語ったりするというようなことをたまに見たりすると、やっぱり統計の数字とかそういうものって気をつけなきゃいけないなと思います。

数字だけを伝えたら事実とは真逆の誤解を生みそうな公式データが大量に出回っている。戦争については**情報をうのみにせずよく調べて、どうしてこんなふうになっているかということまで伝えないと、**誤解を生んでしまう。

逢坂　僕はあるロシア映画の宣伝に関わって、その監督は戦争反対を明言して既に国外脱出してるけど、その場合でさえ配給会社からは「寄稿の際はあまり露骨にプーチン政権を批判しないでくれ」っていわれてたからね。なんでかというと監督のご家族はまだロシアにいるから、万が一僕が賛同コメントで政権を批判してロシア国内に伝わったらご家族が危険だという。ロシアにおける弾圧はそういう次元になっている。

あえて話を戻しますけれども、北御門二郎さんの時代といえど、内心は戦争に賛成していなかった人も、おそらくいたでしょう。現代のロシアと昭和ファシズムの時代では皇民化教育の有無もあるし、国民が得られる情報量もまったく違う。ただ、かつての**大日本帝国と現代ロシアは、共通の問題を抱えている。**政府が見たいものしか見せないから、戦争に反対する人が本当にいなかったかのようになってしまう。つまり、**観測されなかったものは最初から完全にいなかったかのように語られてしまう問題**があるように思います。戦時中の日本人がなにを考えていたのか、日記とかを読むと戦争遂行の意思は強烈に内面化されていたことがうかがえるわけですけれども、それでも自分の頭で考えて戦争に反対する人はいたと思う。北御門二郎さんの突出した行動によって、可視化されていない反戦主義者の存在を類推することは可能なのかもしれない。ロシア文学に影響された一握りのエリートではあったにせよ、**文学を糧として反戦平和思想を自分のものにする過程が、日本人の中にもあった**ということもまた理解できるわけです。

少数の声であったとしても、反戦思想がいかにして形成されてきたのか。そして、なぜそれらが表に出なかったのかということを検証することが、**国民とか国家というものを一つの塊のようにとらえた時には表出し得ない市民の声**というものを見直すきっかけにもなるんじゃないかと僕は思います。次に書く小説も、そういう方向になりそうです。

「仮面ライダー」のショッカーが語ったことは……

逢坂　有里先生の「ロシアの言論はいかに弾圧されたか」(『新潮』二〇二三年四月号)では、ロシアの若者が**ポケモンGO**のプレイ動画をYouTubeにアップしただけで逮捕された事件について、あれが世論を操ることも含めて言論弾圧の激化へ向かう明確な兆候だったという話があったけど、戦争をする国家がなぜ、どのように言論を統制するのかっていうことも大事だよね。

奈倉　まず「**人を殺すかもしれない**」「**自分も死ぬかもしれない**」**というのは、普通に考えて絶対に嫌**なはずのこと。それにもかかわらず人を戦争に駆り立てるのは、すごく無理があるはずなんだよね。だから、死ぬのは怖いし人を殺したくない、というごく当たり前の感情、これを吐露できないようなぐらいにしなきゃいけない。だから**ものすごい統制が必要**なわけですよね。ロシアの例を見ていて怖いなと思うのは、ポケモン少年の例もそうだけど、最初は**一般の人たちが普通に持っている「正義感」みたいなものを利用する**ところ。メディアが些末な例をさかんに取りあげて、「こんな許せないことをする少年がいるんだぞ。法で規制しなきゃいけないだろう」とバッシングを煽るようなことをやり始めるんです。自分は特になにも関係ないだろうと思っている人たちが、たとえ最初は「そんなことで目くじらをたてなくても」と思っていても、まるでバッシングしない人には良心がないとでもいいたげなほど煽る。それで「これは許せない、これは許せない」と言いだす人が出てくると、じゃあそれを法令で禁止しましょうということになって、言論の自由の首を絞めるような法律がどんどんできていく。その人たちは正義感で動いたつもりでも、気がつけば自分たちがなにも言えない状況になっている。こういうとき、国の思惑はいかに多数を操るかみたいなところに出てくるからね。

逢坂　そうですね。

奈倉　言論を取り締まる法律が動き始めると、それに対して「いや待て。そこは注意が必要なんだぞ」ということすら言いにくくなっていく。それに加えて管理だよね。国がすべての情報を握っていく。ベラルーシの例もそうだけど。監視カメラが街じゅうにどんどん増えて、携帯電話の位置情報まで国が握って、平和なデモをしていた場所に位置情報があった人が、たとえ買い物客でも逮捕される。ありとあらゆる行為が、国の握るデータに紐づけられていく。日本でもマイナンバーが図書館カードに紐づけられるという、まったく必然性もなければ便利ですらない、問題しかない案がありましたけど。

逢坂　図書館って、そもそも秘密が守られなきゃいけないという観念が非常に強かったはずなんですけれども、**利便性の名目のもとに、その観念はあっさり浸食されてゆく**。医療もそうなんですけど、とにかく秘密が重要であらねばならない領域については、国が管理しやすくしようとしている。ずいぶんわかりやすくディストピア的な発想だなとは思う。実は意外なところでは、昔、**石ノ森章太郎**さんが描いた**『仮面ライダー』**の**ショッカー**にそういうパートがあるんです。

ショッカーはテレビと、いまで言うスマートウォッチを国民に普及させ、電波を使って国民を操り支配しようとする。その大元である電子頭脳の基地にいる敵を追い詰めた仮面ライダーが「電子頭脳《コンピューター》をつかって日本人をロボット化しようなんてとんでもないことを考えたもんだがそんなでたらめをゆるすわけにはいかないんだ」と言う。すると、ショッカーが「この計画はもともとおまえたちの政府がはじめたものだよ」と言い返す。「おまえもきいたことがあるはずだ〝国民を番号（コード）で整理しよう〟という国会での審議を……あの〝コード制〟というアイディアは日本政府の「コンピューター国家計画」の一部なのだ。この電子頭脳の九分どおりの完成をまってのりこみぶんどって一部に手をくわえはしたがな　しかしそれもおまえたちのえらんだ政府の計画をより完全なものにしてやろうという親切心からしたことだ」って。ショックを受ける仮面ライダーに対して、ショッカーが「だからわれわれがうらまれるのは迷惑千万な話なのだ！　うらむのなら日本政府を……そうじぶんでえらんだ政府なのだからじぶん自身を……」と言う場面があるんです。

つまり悪の秘密結社然としたショッカーは確かに日本を征服しようとしていたけど、その構想というのは日本政府による管理社会の延長線上にあったし、なんなら選挙で選ばれた政府がやろうとしていた管理社会の完成度を上げたら、悪の秘密結社による日本支配のビジョンができちゃった、という結構すごい筋書きである。そしてマジでいま、日本政府って漫画のショッカーが欲しがってたような政策をやっているんですよ。

奈倉　ありとあらゆるカリカチュアで描かれていたことが、どんどん「えっ、嘘でしょ」という間に現実になっていく。ロシアでもそうだった。「えっ、嘘でしょ」というのが、だんだん積もり積もって無力感になっていってしまうんですよね。反対しても悪化し続けるから、「もうだめじゃん。なに言ったって無駄じゃん」みたいな感じになっちゃって。

逢坂　その兆候のひとつとして思い浮かぶのが、放送法をめぐる国会の支離滅裂な状況。高市早苗のあまりにも道化じみた言動がバカバカしすぎて、そちらに注目が集まっていましたけれども、あれは官邸周辺が法律を恣意的に運用するために、国会議員に誘導的な質問をさせていたんですよ。放送法が定める「政治的公平」を番組全体を見て判断するのではなく、一回の番組のみでも判断できる法解釈に変えようという、すごい出来事が起こっていたわけです。

さらに恐ろしいのは**メディアがそれをほとんど報じなかった**。実家に帰るとたまにテレビをつけるようになったんだけど、こないだビックリしたのは、野球の世界大会（WBC）の話ばかりしているの。これが実は一番怖いことなんですよ。**放送局の自律の危機について、当のメディアがそれにひたすら目を背けている**。しかも、さらにそこから自分にかかわる記述もある総務省の行政文書について高市早苗が言っていることは、驚くべきことに、「公文書なんだけど、これは怪文書だ」と。「言うはずもないことが書かれている、私に記憶がないから、これは嘘なんだ」と言っている。言うまでもありませんけど、記憶に頼ってたらこのようなことになり、正確な意志決定のプロセスが残せないから、行政は文書をつくって法に基づき「行政文書」としてこれを管理しているわけです。つまり、一介の**閣僚のたかが自己保身のために、行政が積み重ねてきた文書主義というものを全否定**するという恐るべき事態が起きているんです。これは、ほとんど行政を束ねる内閣の自己否定なんですよ。この恐るべき情勢が政治の方面で進行しつつ、メディアが特にそれを取り上げるでもなく、野球に興じているというのは恐ろしいですね。

日本学術会議の問題もそうだよね。学問の自立を骨抜きにするために、会員選考の過程に政府の意向が働きやすくするための法改正をしようとしています。イギリス王立アカデミーをはじめ、各国のアカデミーというのは、そういう政治的干渉を排しつつ、自主的な学問の府を国が涵養するところに意義があるというコンセンサスのもとに成り立つはずなんです。自立した学者の良識というものを国として尊重することに意義がある。だから諸外国の学者からも法改正に対しては懸念が表明される。ところが、安倍政権のあたりから繰り返されてきた学問に対する利用方法は違うわけです。政府の言うことを聞く学者を呼んできて「有識者会議」を設置して、「有識者はこう言っている」という既成事実を積み重ねる。政府から自立した機関である学術会議には、諮問もなにも出さないし、放っておく。学術会議があること自体も気に食わないから、どんどん変えていく。「税金使っているんだから言うことを聞け」程度の粗雑な理屈で国営化ないし公共性を排除しての民営化を試み、それに対して、ほとんど御用聞きに等しいメディアというものは、「そうだそうだ」と言い続ける。

近代以降、ファシズムが完成する時って、歴史上、**圧倒的な独裁者が突如として君臨することはまずない**んです。独裁者に対する異論を許さない体制ができあがるまでの過程で、やはり**ファシズムに迎合する市民層が確実に存在する**んです。歴史を振り返った時にいまの日本がどこに位置づけられるのかといったら、**ソ連崩壊以降のロシアとか、あるいはワイマール共和国の末期にもすごく似ている**と思う。せっかく自由が成立しかけていたのに、

社会に仕掛けられたバックドアを利用して、強大な指導者に対する幻想や、統一された国家に対する幻想に国民が焚きつけられていく。そしてそれを政治家が一生懸命あおっている。ファシズムの成立過程を学ぶことは、いま、すごく必要とされていると思います。有里先生はロシアがやってきた方法を例示することによって、日本の読者に注意を喚起したい？

奈倉　そういう面もありますね。

逢坂　やっぱりそうなんだ。

奈倉　でも、あえてそうは書かないようにしてます。私が言うよりは、それを読んだ人が感じてくれたほうが強いと思うから。

逢坂　有里先生が書いた記事を読んでいると、すごくよく分かるんだよ。ただ、それはお利口な人にしか伝わらない。ここでハッと思う人は分かってるんだもん。僕は**現代日本についてガンガンに言っていくスタイル**でいいやと思っていて。

奈倉　逢坂さんはやってくださいよ。私が書くロシアの話は、そこからなにを読みとるのかをある程度読者にゆだねたいところもあって。

逢坂　なるほどね。

奈倉　どんな反応が出るのか、予測もつかない角度から来ることもあるんだけど、それをいったん受け止めて、また伝えかたを考えていきたいんです。

プーチンを支持するゲイのパレード？

逢坂　いまの世界について考えるとき、僕がもうひとつ気にかかっているのは、性的マイノリティの問題なんです。性的マイノリティがどう扱われているかによって、その国のあり方ってすごく分かるんですよ。

アメリカのバイデン大統領は非常に事態を単純化して、専制主義と、あるいは権威主義と民主主義の戦いだと言っちゃっているんですけど、そんなことなくて、この種の実体のない二項対立は常に問題を単純化させる。その扱いだと、民主主義の側に立っているはずのポーランドとかハンガリーの政権って、きわめて極右的かつファシズムに突っ走っているんです。で、ロシアもそうなんですけど、これらの国はみんな例外なく、**全体主義体制成立の前段階として、性的マイノリティを弾圧するん**です。

奈倉　ほんとにそう。ロシアもかなり早い段階で性的マイノリティが弾圧されました。たとえば、作家のリュドミラ・ウリツカヤが子供たちに向けた啓蒙的な絵本のなかで「お父さんが二人の子供も、お母さんが二人の子供いますよ」と同性カップルの話を書いたら、ものすごいバッシングを受けたんです。

逢坂　性的マイノリティを、「当然そこにいる人たち」として理解することに反発が来る。単一の国家政体のもとに国民が統合されているという幻想を持とうとする勢力、**ファシズ**

ム的な勢力からすると、性的マイノリティって価値観の擾乱者なんですよね。そこが一番弾圧しやすい。かつ、重要なこととして、世間が納得しやすいんです。圧倒的に少数で、なんとなく風紀を乱していると言われればそう思う人もいる。数としては自分が当事者ではない人の方がずっと多いからこそ、鈍感になりやすい。だから、**性的マイノリティがやり玉に上がり始めたら、ものすごく危険な兆候**なんです。成功体験としての少数派の排斥が可能になるから。

恐ろしいことに、この種の排斥は、政治的体制にかかわらず起きている。アメリカでも常に宗教保守派と政治的右派が結託し反ＬＧＢＴＱ的な動きを推し進めようとしていますし、日本もそうなっている。各国で共通するのは、守旧派が「自分たちは何かに浸食されている側だ。このままでは大変なことになるのだ」と国民に訴えて、ＬＧＢＴＱ的なものは「何かの手先」と扱われること。だからＬＧＢＴＱの権利獲得運動は中国政府には「西側の価値観の押しつけ」と言われ、日本では共産主義だと言われる。理念法としての「ＬＧＢＴ理解増進法」は、差別は許されないという文言を含んでいるから成立が難航してたけど、「差別は許されない」に反対できるってのもすごい。ＬＧＢＴＱの権利拡大の初期段階にある日本ですらそうなっているんです。ファシズム化の兆候として性的マイノリティが弾圧されるという現象は確実にある。ワイマール共和国がナチズムに変わっていく過程でも性的マイノリティの人権獲得運動の萌芽は徹底的に潰された。価値観の擾乱者としてのＬＧＢＴＱの弾圧というのは、いま特に注目すべき点だと思います（註：「性的指向及びジェンダーアイデンティティの多様性に関する国民の理解の増進に関する法律（ＬＧＢＴ法）」は二〇二三年六月十六日に国会成立。「性自認」を「ジェンダーアイデンティティ」、「差別は許されない」を「不当な差別はあってはならない」という文言にしたこと、「すべての国民が安心して生活できるよう留意する」との条文も追加したことによって、マイノリティ当事者に批判されている）。

二〇一八年にロシアで風変わりなイベントがあって。プーチンを支持するゲイのパレードというのをやったんです。プーチンの肖像画の下に性的マイノリティのシンボルであるレインボーのマークを入れて、「俺たちはプーチンを支持する」と言いながら行進した。もちろん、皮肉ですよね。で、新聞社や当局が「これは皮肉で言ってる」と気づいた時には、なんとかそれを抑え込もうとしたけれども、もうその嘘の支持集会の様子はシェアされていたので、プーチンの写真の肖像の下にレインボーフラッグが出ているという妙ちくりんな画像を拡散させることに成功したんです。ただ、こういうこともうできなくなった。

奈倉　いまはもちろん無理ですね。二〇一八年は言論の自由を守るために最後のあがきをしていた時期。私もロシアの友達といろいろ考えて、どういうかたちでだったらプーチン政権に反対できるのか知恵をしぼりました。

逢坂　ありとあらゆるデモとパフォーマンスが禁じられて。よく例に出すのは「ニェット・ヴァイニェ（戦争反対）」という言葉が全部禁止になった後、白い紙を持っている人も捕まるようになったと。すべての抗議活動はもはや鎮圧の対象になっているんです。重要なのは、**この状態は突然成立するわけじゃない**。

独裁者をキャラクターとして消費する

奈倉　だいぶ前から、プーチンをキャラクターとして面白がる風潮があって、あれもよくない。

逢坂　あれはすごくよくない。

奈倉　ロシアと日本で状況はだいぶ違いますけど、とりあえず日本の話として。

逢坂　日本におけるプーチンの受容のされ方はやばかった。一番まずいなと思ったのが、十年以上も前にオートバイ愛好団体向けの集会で、ごついハーレーダビッドソンに乗って現れたプーチンが、やんややんやの喝采を受けたとき。それをみた日本のネットユーザーが「わあ、すげえ」「大統領がこんなことするなんてすごい」ともてはやしているのを見て、僕はあごが外れるほどあきれたんです。これはものすごく**露骨かつ安っぽいマッチョイズムの提示**だし、まさに、そういう「大統領がこんなことするなんてすごい」的反応を期待してプロパガンダとしてやっているのに、日本のインターネットをやっているお兄ちゃん、お姉ちゃんたちが、それを無邪気に受け取っちゃうという気持ちの悪い現象を、戦争を始める直前までずっと見かけた。なんでかというと、強い指導者に対するあこがれをずっと持っているから。

奈倉　ベラルーシのルカシェンコも、独裁者とかいいながらキャラクター化して消費されているのを見るとぞっとする。

逢坂　そう。面白いキャラクターとして消費してしまえる空間が、結局はプーチン的な強い指導者像を追認していたわけなんです。

奈倉　プーチンを面白がっていた人って、いったいどこに視点があるんだろう。ロシアにも自分と同じ人間が暮らしているんだということを理解していないのかな。

逢坂　プーチンがいるのは自分とは関係ない、アニメの世界だと思っていたんだと思う。その時点ですでにロシアでは政治的被迫害者や記者が突然暗殺されたりしていた。決していまの抑圧体制とは無縁の体制ではなかった。

奈倉　それにしても、権力者のキャラクター化とか国家の擬人化とかって、どうしてあんなに人気が出るんだろう。

逢坂　最悪のカルチャーね。

奈倉　**それはやっちゃいけないことだ**ということが社会的に認識されていない。いま大学で教えていると実感します。プーチンはいまの大学生にとってはほんとうに小さいころからいるわけですよね。で、戦争になって「けっこう面白いおじさんみたいな感じで言われていて、そういうイメージが強かったので、びっくりしました」みたいな感想も出てくる。それを不思議にさえ思わないほど一般的に定着してしまっていたのか、と。それが外国に対するイメージって、本当に恐ろしいですからね。そうして消費することによって、それ以上はなにも考えなくていい空間ができてしまう。だから楽で、楽しいのかもしれないですけど、国家や民族のイメージをあるタイプに流し込んでいくのはプロパガンダの手法と同じです。みんなが**思考しないですむ楽しいところに落ち着けば、権力者にとって非常に扱いやすい**状態ができあがる。

逢坂　あのとき、日本でなにが起きていたのか、正確に理解することは難しいんだけれども、「2ちゃんねる」からはじまった「ちゃん文化」の影響は大きいでしょう。ちゃん文化で形成された「冗談化する話法」がネット空間にはあります。強い指導者にあこがれているけれども、プーチンがやっていることを、もろ手を挙げて歓迎するのはなんとなくはばかられる感じがある。したがって、自分たちはプーチンをキャラクタナイズして茶化しているんだという前提を、コミュニケーションの中に設けるわけです。「**俺たちは本当にプーチンを崇拝しているわけじゃない**」と言いつつ、プーチンの実際的な統治の方法には全く異論を唱えない。なんだったら提示されているマッチョなイメージを抜き身のまま受け止めている。いわば冗談化することによってプロパガンダを受け入れる文化を、特にインターネット空間は作っているように思える。

アメリカのオルタナ右翼にもそういう傾向ってあるんですけどね。**「これはジョークなんだよ」と言いながら、本音を開陳するという手法**です。たとえば二〇一六年に著名なオルタナ右翼のリチャード・スペンサーが、支持者とともにトランプに対してナチス式敬礼を捧げる映像が報道され非難されたときは「皮肉と活気でやっていた」と妙な言い訳をしていた。ただその場の本音がトランプの礼賛にあったことは確かなわけです。

冗談化して受け入れてくれると、権力者はすごくやりやすいでしょうね。例えば小泉進次郎の意味不明な答弁を、「進次郎構文」というふうに言って茶化さず、**閣僚の座から降ろさせないと本当は駄目**なんです。発言が意味をなしていない人が大臣では困るのだから。「進次郎構文」と言って面白がっているうちは、有効な批判にはなり得ない。なんだったら本人が「ポエムって言われるんですよ」と言って受容しているみたいに、**自分のキャラクターイメージに迎合**したりもする。

奈倉　むしろ「ああいうのもいていい」みたいな感じになっちゃってる。

逢坂　あれが、その辺の友達が話すときのクセだったら面白いかもしれないけど、大臣だったら冗談のネタにしてる場合じゃない。結局「**冗談めかした迎合**」という一つの観念が、**きわめて危険な兆候**としていろんな国に見られますね。

古代ローマの「パンとサーカス」が現代でも起きている

逢坂　有里先生の翻訳した**エカテリーナ・シュリマンの「戦禍に社会科学はなにができるか」**（『世界』臨時増刊「ウクライナ侵略戦争」二〇二二年四月、現在は岩波書店編集部noteにて無料公開中）もよかった。

奈倉　シュリマンの講演は本当にすごい。シュリマンは政治・社会学者で、とりわけ内政の専門家なんですね。日本でもそうですけど、**内政の専門家って非常に優れた人がたくさんいる**わけです。どうして日本のテレビのインタビューは、ロシアの大臣や軍人ばかりに話を聞こうとするのか理解に苦しみます。**ちゃんとした学者を出しなさい**と思う。

シュリマンが主眼を置いているのは、いまたくさんの国に共通している、「いかに権力を制御するか」という問題です。市民が国家に対して手も足も出なくならないようにするには、いったいどうすればいいのか。これはいくら考えても考えすぎということはないくらい、いまほんとうに必要なことだと思います。そしてこれは**国際的な協力**ができるんですよ。それは国と国との協力じゃなく、**学者と学者との協力**です。要するに私たちが、ロシア国内でシュリマンのような考察をしている人がいることを知るだけでもぜんぜん違うんです。世界にはシュリマンと同じようなことをやっている学者や、OVD-Infoのような法的支援団体や、人権擁護団体もたくさんある。そういう人たちの活動の意図が翻訳されることってすごく大事だと思うんです。それはたとえばウェブサイトにあるような活動報告だけじゃなく、ちゃんと文章で、なんのために私たちはこれをやっていて、その国の政治権力や社会構造が、そこに暮らす市民にとってどんなふうに危険で、だから市民は自分の国家をどうやって規制していけばいいのかを考えているということです。ここ十数年のロシアを見ていても、**国家権力が膨れあがるプロセスには共通点が多い**のがよくわかります。それを阻止しようと命をかけてきた人たちの言葉に学ばなきゃいけない。

逢坂　国家権力の暴走を阻止しようとしてきたといえば、「**モスクワのこだま」というメディア**がありますね。

奈倉　「モスクワのこだま」は、もともと社会派ではありましたが、**ごく普通のラジオ局**だったんです。ところが、独立系の放送局がことごとく弾圧されて、国営、あるいは正確には国営じゃなくても資金も実権も国が握る事実上国営のテレビ局ばかりになって、それ以外は「モスクワのこだま」と、あとは「**ドーシチ（雨）**」という、**若い世代がインターネットを中心に作ったテレビ局**しか残らなかった。

国営テレビがさかんにプロパガンダを流すようになったころから、シュリマンが「モスクワのこだま」に政治コメンテーターとして出演するようになった。自由な言論を求めて他のテレビ局から逃れてきた人たちも「モスクワのこだま」や「ドーシチ」で活動しています。サーシャ・フィリペンコも一時期ロシアの半国営テレビ局（第一チャンネル）で働いていて、「ドーシチ」に移った人です。「モスクワのこだま」や「ドーシチ」は、国営テレビによるプロパガンダ一色の感じが嫌な人たちが集まってくる場所になっていました。

ただ、戦争の前年ぐらいから、どんどんそういったメディアが**「外国エージェント」というスパイ認定**をされて、しまいには解散させられてしまって。「モスクワのこだま」「ドーシチ」も解散させられましたが、ドイツやバルト三国やオランダなどに拠点を移して、インターネットを通じて活動を再開しています。モスクワではなくなったので、**ただの「こだま」**という名前になってしまったけど。「ドーシチ」が復活して毎日ニュースを流してくれるようになってよかったと思ったら、直後にロシアで動員令がかかったりとか。二〇二二年はそういう希望と絶望が繰り返される感じでしたが、それでも負けない人たちがいることに勇気づけられました。「メドゥーザ」というとインターネットを中心としたメディアが、一回消されてしまったロシア人の反戦声明を全部集めて掲載していたりとかもする。

逢坂　日本はそういう気骨のあるメディアとかキャスターって、ほとんどいなくなってしまった感じがする。

奈倉　私はテレビをほぼ見ないからわからないけど。

逢坂　**『報道特集』**（ＴＢＳテレビ）はまだかなり頑張ってるけどね。反権力のスタンスを貫くことは、統制以前の問題もあって難しくなってきていると思う。国民のメディアに対する期待がもはや権力の監視じゃなくなってきているところに、日本における言論の自由の危機を感じますね。先ほど話した例で言えば、野球の世界大会の話をなんで繰り返していたのかというと、そっちのほうが人気が出るからなんです。スポーツ番組だけではなく**報道にまで楽しいものを求める傾向は、すごく危険**だなとは思う。ああいう、ナショナルスポーツで自分の国が勝ったからめでたい「感じがする」ってのは、言い方は悪いけど現実逃避なんですよ。**他のニュースを削って報道するような性質の話ではない**。野球少年の人生は変わるだろうけど、別に僕らの人生は変わらない。

「パンとサーカス」という古代ローマの言葉がありますよね。**政治的関心を失った民衆には食糧と娯楽さえ与えておけば、支配はたやすい**という。いまの**日本は国民にパンを与えないけど、サーカスは民営化されている**からテレビで見てよという感じ。いまはなんとかかんとか言論の自由を手に入れられているんだけれども、ひょっとしたら放送法をめぐる解釈の変更と国民の無関心によって失われていく過程にあるかもしれない。最悪の事態が進行することを恐れていますね。

戦争は避けがたいもの、ではない

逢坂　戦争に関して、もうひとつ言いたいことがある。どうしても巨大な戦争が起こったときって、シニシズムに陥ってしまう人がいるんです。歴史を振り返ってみれば、戦争を止めたくても、どうにもならなかったことがわかるじゃん、という。**人類にとって戦争は避けられないものなんだ**、というところに落ち着くことで、現実を受け入れてしまう。でも、**それは違う**と言いたい。

なんでロシアとウクライナの全面戦争に対してこれほどまでに世界が衝撃を受けているのかというと、まさか二〇二二年にもなって、こんな露骨な侵略戦争が起こりはしないだろうとみんな思っていたからなんです。逆に言うと、**国際社会というのはそこまでは行きつけていたんです**。もちろん、第二次世界大戦終結後も、核抑止に基づく冷戦下では代理戦争が各地で繰り広げられ、内戦や民族紛争はいまも続いている。ただ、その中でも、国家間の衝突を回避するためのルール作りが進展してきたわけです。パリ不戦条約に端を発する戦争違法化の流れがあり、第二次大戦を経て、さらに侵略戦争の定義に関する決議というものが国際連合によってなされてきた。このようにして、**戦争を抑止する国際社会の関係性が、ゆっくり少しずつではあっても進展してきた**歴史があるんです。この戦争が終わった後のことを考えるのは本当に難しいんだけれども、**戦争を抑止する流れはそんなに軽々しくは止まらない**と僕は思っています。国際刑事裁判所がロシアの侵略を戦争犯罪として裁こうとしているのも、実現は難しいけれど国際社会に「**法の支配**」**をもたらすための過程**ではある。

問題は、戦争が終結したあと、国民がどう自分たちの国に向き合うかということなんですよね。果たしてこの戦争の教訓からなにを導き出すのか。結局のところ、戦争が始まったら武力しか頼りにならないんだという教訓を導き出して、ひたすら軍拡を相互に続けていくのか、それとも、戦争が始まったらもう地獄でしかないから、戦争を起こさないための法の秩序をいかにして自分たちの国際社会にもたらしていくのか。それらを選ぶのは、実は**世界各国の大統領や首相ではなく、そこに暮らす人々である**というのが自分の考え方です。

奈倉　よくなにも見ないでそんなに語れるね（笑）。

逢坂　これ、特技だよね。アジテーター（笑）。

奈倉　逢坂さんの本屋大賞のスピーチを見た私の友達もすごいと言ってた。

逢坂　あの本屋大賞のスピーチはいろんな人に評価してもらえた。

自分のしていることは、なんにつながるのか

逢坂　シュリマンの講演の中で〈**自由なき責任はありえない**〉という言葉がありましたね。戦争がない世界にするために、自分たち個人はどんな「自由」と「責任」を大事にしたらいいのか、という問題につながってくる。

奈倉　これは本当に大事な話で。シュリマンが言っていたのは、自分がいかなる責任を負っているのかわからないと、戦争のようなことが起こったときに罪悪感を抱え込んでしま

うということ。権力を持っていない**他者に対する断罪も、責任の範囲がわからないからしてしまう**んですね。ロシアで生活している一人の国民の責任の範囲についてまったく理解しないで、なぜ戦争を止められなかったのかと一般人を非難している人も見かけます。でも、じゃあ私たちはいま、普段から自分の責任を理解して生活しているのかといえば、自らの政府の不正をまったく止められていない。他者に対し激しく断罪する人ほど、自分の責任の範囲も理解していない傾向があります。

たとえば、**選挙で投票することは自分の責任の範囲**といえるでしょう。もっと身近なところでいえば、仕事や日常生活において、自分のしていることがなんにつながるのか考え続けること。それは誰にもできることなんです。自分の仕事の内容やひとつひとつの言動は、戦争をなくす方向を目指しているのか、それとも戦争をする社会構造に加担しているのか。考えるのを放棄しないということですね。

それから「自由」について。**自由がわからないことは責任がわからないということと似ているんです。言論の自由を当然のように享受していると、「ずっとあるだろう」と甘く見がち**というか。危険な法律が決まっても「まあ、そのぐらい大丈夫だろう。いままでも大丈夫だったし」と思ってしまったり、あるいは「自分がなにを言ったって変わらないよな」と簡単にあきらめてしまう。

逢坂　ワイマール憲法のもとで**自由を謳歌していたドイツが、なにゆえ民主主義を全否定**

するナチスを、途中までは選挙制度に基づいて伸張させていったのかということを思い出しますね。簡単に言えば、二回契機があって。一つは、第一次世界大戦終結後の非常に苛烈にして懲罰的で過大な賠償体制に対するナショナリズムの形成。もう一つは、世界恐慌なんです。

優れた民主的な憲法であったワイマール憲法体制のもとで、ある種の社会的自由というのは達成されたんですけれども、**国が混迷に襲われると、いわば民主主義の自己放任とでも呼ぶべき現象が起きる**んです。ドイツ生まれの社会心理学者**エーリッヒ・フロム**が唱えた「**自由からの逃避**」ですね。

ワイマール共和国は対外膨張の意図をくじかれたドイツ帝国の後継として始まっているので、それ故に、強烈な指導者というものを求める現象は明らかにあったんです。混迷の大元である第一次大戦におけるドイツの敗北さえも、その原因は国内の裏切り者でその黒幕は共産主義者とユダヤ人であるという神話を提供し、**すべての混迷をなにかのせいにしてくれる誰か**。乱立していた政党の抗争を一掃して、偉大なる祖国というものを強烈に後押ししてくれる誰かを求めた。

異分子を排除して成り立つ、社会階級を超越した「国民的統合」を待望する少なからざる市民と、ナチスの人気を取り込もうとした既存の保守政治勢力の思惑が、いわば統合することによって、ナチ政権というのは完成したんです。決して民主主義的なプロセスによってナチ政権が成立したというわけではないんですけれども。なので、いまの政治がどの段階にあるのかということは、特に民主主義が成立している国については考えていかないといけない。アメリカですらもはや民主主義の自己否定に等しいムーブメントというのが起きちゃったわけですから。自国の選挙結果を否定するアメリカ大統領なんて、ちょっと前までジョークでもありえなかったと思う。しかも現職の大統領が「自分が不正選挙を仕掛けられた」と言うというのは。で、それを信じた支持者に議会が占拠されるというのは。

制度的に与えられた自由の中で、自分たちが**民主主義をどれだけ積極的に行使しているかということは、**むしろ**抑圧体制下にない国の人が考えていかないといけない**と思います。

奈倉　仕事や生活を通じてなにを自分の責任の範囲と考えるか。**私の場合は、翻訳**だと思います。たとえば同じロシアの専門家でも、なにを翻訳するかということを考えたときに、いろんな選択肢があります。エカテリーナ・シュリマンの講演を翻訳したのは、人々に無気力になってほしくないと思ったからです。

日本で暮らしていて「世界でこんな戦争が起きているんだ」ということを身近に感じられない人も「他人事じゃない」と思える。そして、自分にもできることは絶対にあると考えられるような言葉だったから翻訳したんです。

もっと身近な例でいえば、たとえば、**労働組合は本来なにをするところだったのか**考えるとか。日本では労働組合がほとんど形骸化していますよね。組合員の高齢化がすすんでいたり、会社経営側と組合が癒着していたりして、若い人はまったくといっていいほど興味をしめさないことも多い。民主主義の社会で**労働者が企業と交渉する権利は認められているのに**、行使するという選択肢を選びづらくなっている。そういうことって、ほかにもたくさんあると思うんですよ。

デモにはもっと気軽に参加していい

逢坂　僕は二〇二三年の二月に日比谷でやってたロシアに対する反戦デモに行ったんだけど、日本はデモに参加する人も少ないよね。**デモは民主主義における重要な意思表現の場であって、別に特別なものじゃない**んだけど。

奈倉　本当にそう。ストライキも日本ではほとんど起こらない。

逢坂　起こらない。やっていいのに。

奈倉　このあいだ、ロシアからドイツに逃れたロシア人研究者が東京に招聘されて、案内したときも「日本はストライキとかないのかな」と言われて。

逢坂　昔はあったのに。

奈倉　「ドイツはすごいんだよ。一日中電車が止まったりすることがある。交通機関が、バスとかがよく止まるんだよ」とか言われて。「そういうときどうするの?」と聞いたら「まあ、そういうものだから」と。

逢坂　いまフランスでは、年金改悪をめぐる大規模なデモが起きている。日本人も年金制度に対する不平不満はあるはずなのに、どんどんデモをやろうよというムーブメントにつながらない。そして、**日本のメディアはなぜか、海外における大規模なデモを非常に権力的な視座で見る**んです。アメリカのブラック・ライブズ・マターのときもそう。「この国はこんなに混乱しています。これだけ逮捕者が出ました。これだけ怪我人が出ているんです。大混乱ですよ。ね、大変でしょう」みたいな。ネットでもそんなことを言ってる人はいる。

奈倉　あれはおかしい。

逢坂　立ち上がっている市民の側にどういう動機があるかということを見ようとしていかないんです。おそるべきことに、抑圧体制国家に関してでさえそう。例えばイランにおけるデモと弾圧を報道するときでさえ、ニュースは平気で「**反体制派**」**や**「**反政府デモ**」**という言葉を使うけど、この言葉は決して公平ではない**。なぜならイランでいま起きている抗議行動というのは、風紀警察による市民の殺害に端を発したもので、権力者による暴力的取り締まりに抗議し、それをやめろ、市民の人権を守れと言っている。つまり権力による不当な暴力に反対する広汎な運動なの。別に政府転覆を目的とする政治グループがライシ政権打倒を目指しているわけじゃない。だから「**反抑圧デモ**」「**反圧政デモ**」というなら分かるよ。でもこれを「反体制派」「反政府デモ」といってしまえば、最早それっててのは「体制」や「政府」に「反対」している、政治的な意志を持った特定のグループになってしまう。この問題はベラルーシでもあったし、フィリペンコも指摘していたけれど。

奈倉　そう。フィリペンコは、「反体制派というとまるでごく一部の人が政府に反対しているみたいだけど、ベラルーシの場合は大多数の人々が現政権の暴政に必死で声をあげて、それを武装した警察が片っ端から捕まえているという状況だから、反体制派という言葉はおかしい。**もし外国でそんなふうに報道されているとしたら悲しい**」って。大学の授業でもフィリペンコを読んで、ベラルーシの人々が平和的なデモの方法をいかに模索したか、っていう話をしたんだけど、「デモに対するイメージが変わった」っていう反応もあるなかで、「デモなんかしても社会は変わらないんじゃないか」とか「やっぱりデモは怖い、集団が怖い」という感想もあって、**報道の責任は重い**なって。

逢坂　この間、実際デモに行ってよかったなと思ったのは、**デモに慣れていない人も来ていたんですよ**。リーダー的な人が「戦争反対！」ってシュプレヒコールをあげると、周りの人が小声で「お、おぉ〜」みたいな感じでこたえる。どうやって叫べばいいのかわからない感じの人たちがぞろぞろいたんです。これはデモの常連だけじゃなくて、新規の参加者も来ているということだなって。

奈倉　まあ、デモに慣れなきゃいけないくらいおかしな社会のままじゃ困るんだけど。

逢坂　普通に参加していいんだよということはもっと伝えたい。

奈倉　ベラルーシやロシアの状況を見ていると、**集会の権利がどれだけ大事か**がわかる。無気力に陥りがちな圧政と社会不安のなかで、「それを許せない人が自分のほかにもこんなにいるんだ」ということを実際に目にするだけで、人は気力と正気を保てる、それだけでも無力なんかじゃない、意味のあることなんです。だから、その自由がある、権利があるというのに、それに対して無関心なのは問題で……無関心どころか、デモをする人たちをバッシングしちゃう人までいる。

逢坂　否定する。

奈倉　「それは**自分の首を絞めてる**んですよ」って言いたいですよね。

逢坂　労働組合に対する加入率も低下しているし、社会運動に積極的に参加しようという人たちも減ってきている。そうすると、普通の市民はデモに行かないことが既成事実化する。デモに参加するのは特殊な人々という考え方がどんどん浸透していく。

でも、みんな政治に対する意見が全くないかといったら、そういうわけでもない。個々の政策にはブーブー文句を言っていたりするんだけど、自分の意見を社会に表明しない。デモやストライキによって世論を可視化するのは、昔から行われてきた。**デモやストライキが有効だからこそ行われてきた**わけです。これを手放してしまう状態は本当にもったいない。選挙行くのがいい方で、政治や会社には従順に従い、あとはネットで文句を言うだけの存在になり下がりたいのかなというふうに思ってしまう。

奈倉　そうね。そういうのも含めて理解をつなげたいよね。

逢坂　実例をいろんなところで挙げるようにはしているんだけど。アメリカの国内外で大規模な反戦運動が起こらなかったら、**ベトナム戦争**はあのタイミングでは絶対に終わらなかった。**世論からの孤立がアメリカを追い込んだ**わけなので。ベトナムの地で軍事的に勝とうが負けようが、もはや政治的に絶対に勝てないという状態に追い込まれたわけです。その状態を作ったのは個々の市民です。もしアメリカ国内のデモが全面的に禁止されていたら、あのときには戦争は止まらなかった。

奈倉　いまのロシアが政府に対する反対運動を全部つぶしているのは、それが一番怖いからなんです。

逢坂　脅威なんだ。これは他の対談でも言ったんだけど、本当にデモが無力だったら、プーチン政権は放っておくんです。無力なものをわざわざ鎮圧する必要はないし、自分たちが独裁国家だということも示したくないから。でも、いま、ロシアで反戦運動を放っておいたら、瞬く間に拡大することは分かっている。開戦直後に反戦運動が自然発生的に起きたわけですから。「なんで俺たちの家族や友人がなんの恨みもないウクライナに攻め込んでいって殺し合いをせにゃならんのだ」という世論は力を持つんです。その世論が拡大したが最後、政治的に勝てないんです。なんでかといったら、国外でも国内でも批判されている外国を攻めている軍隊というのは戦意を支える術の全てを失って戦えなくなるので。

ベトナムにおけるアメリカ軍と同様。

奈倉　ロシアではもうほとんどなにもできなくなっている。それでも抵抗する人はいる。最近の現象としては、大粛清の犠牲者の慰霊碑に花を手向ける運動。なにをやっても逮捕されるので、ただ花を置くんです。それでも逮捕された人もいる。

逢坂　スターリンの大粛清の慰霊碑ね。

奈倉　それがいったいなにを意味するのかというと、この戦争は大粛清と同じように国家による市民への暴力なんだと。**国家の暴力の犠牲になった人たちに、われわれは無言で花を手向けるぐらい**しかできなくなってしまった、という。花と一緒にウクライナの地名を書いた紙一枚が置かれていることもある。本当にぎりぎりの状況でなにができるかということを考えている人たちがいる。

　国家が言論の自由を弾圧したり、戦争に向かうようなまずい法律を考えているとき、市民がなにもかもほっぽりだしてデモに行けるかといったら、仕事や生活もあるから難しいのもまた当然のことなんです。危険な兆候があらわれた瞬間に「**これは戦争になる**」**と判断して動ける人ばかりではないし、反対の声をあげなかった人ひとりひとりを責めることはできません**。ただ、それもわかったうえで、考えなきゃいけないことがある。

小説も書くし、社会運動もやる

奈倉　じゃあ私たちは、翻訳とか、面白い物語を書くとか、それぞれの強みを生かしてなにをすればいいんだろう、という話になるかな。

逢坂　はっきり言えば、**『同志少女』は戦争に反対するための小説**なんです。ただ、**エンターテインメント作品なので、まずは読者に楽しんでもらわないと**いけないという前提があるんですよね。これが**戦争小説を書く最大のジレンマ**なんです。ほとんど自己言及的なところが実は一ヶ所あって。セラフィマがスターリングラードで狙撃スコアを伸ばして、看護師の憎き敵を撃ち取って帰ってくる。自分が怪我したこともあってハイになっていて、看護師のターニャに「腹を撃たれたフリッツが、どのくらいの時間生きていられる？」と聞いたらズバコーンと殴られるところ。ここで、読者も少し我に返ってほしかったんです。

セラフィマと一緒に読者のテンションも上がったところで「**お前さ、戦争を楽しんでるよな**」という問いを突きつけられる感じ。どんなに面白くてもこれは殺し合いの話ですよ、ということが伝わるように、あちこち配慮して作ってはいるんです。

奈倉　それはわかるよ。

逢坂　わかってくれるのはありがたい。『同志少女』は誤読されることも多いんですよ。だから、ロシアがウクライナに侵攻して、まもなく本屋大賞を受賞したときに、これからは**自分の意見を作品外でも言うしかない**と決意した。作品の性質が変わると確信したんです。本に書かれていること自体は一字一句変わらないけれども、本屋大賞をとったあとの読者のほうがそれ以前の読者よりも多くなる。その人たちは、どう考えたっていまのロシアとウクライナが戦争している現状を参照しながらこの小説を読むしかない。

『同志少女』は親ロシア派的な小説でもなければ、ウクライナに自己投影して「祖国に危機が迫ったら武器を取って戦え」という小説でもない。**戦争に反対するための論理**に関わる小説であり、戦争がいかに人間の個人の内面を変えるかということを描いた小説なんだと伝えたい。読者の自由な解釈に任せずに作者が自分で補強的な説明をすることを好まない人もいるし、その考え方に共感もするけれども、もう**作品の意図を明確にしておかないとまずいことになる**と思ったので。

小説家として発言するとともに、**普通の市民として、デモや社会運動をやっていいんだよ**ということも見せていきたい。「表現者たるもの、作品の中で主張しなければならない」みたいなよく分からない観念を持った人もいるけど取りあえず忘れろと。僕は小説を書くし、小説の中で言いたいことも言うし、デモも行くし、社会運動もやる。それを提示していくのが、いまの自分のスタイルとしてやっていけることじゃないかな。

奈倉　私たちは幸運にも自分の一番やりたいことと仕事が一致してるけど、**ものを書く仕事をしていなくても、思考することってぜんぜん無力じゃない**。考えることをあきらめてしまうことのほうが怖い。角田さんの『タラント』なんかは、登場人物が普通の社会生活をしながらずっと考えているという小説じゃない？

逢坂　そうね。働く女性であれ、中学生の男の子であれ。

奈倉　ごく普通の社会生活があって、自分もそのなかに生きていて、でも、やっぱり絶対に忘れられないなにかがあって。

逢坂　挫折もあるし、失敗もあるんだけども、そこから常に無力であることに行きつかないで、次につなげる動きを自分なりにやっていく人たちの話。

奈倉　そう。無力感をおぼえてしまうのが、こういうときって一番怖いんですよ。強権的な政治やシステムは、あの手この手で市民を無力感に陥らせようとしてくるから。**社会に少しは風を吹かせたいし、自分も少しは風を持っていたい**ですよね。

逢坂　戦争を前にして、結局圧倒的な無力感を感じるところまではみんな同じだと思うんです。そこでもう自分にはできることがなにもないといってあきらめてしまうのではなく、**差し当たって自分にできる範囲のことを始めていく**人がどれだけいるかということが大事。**あきらめない人の思いの総数が、世界のありかたを変えていく**んです。圧倒的に国際世論がロシアにノーを突き付けていくということの意味もそこにある。

無力感にさいなまれることもよく分かる、その先は

逢坂　**ルワンダにおける虐殺**であるとか、あるいはいまの**イエメンで続いている内戦**であるとか、**十年以上続いているシリア内戦**について、なぜあそこまで状態が悪化してしまう

かというと、原因の一端は国際社会の無関心さにある。ロシア、ウクライナ関係についてこれほどの注目がなされること自体は正常なんですけれども、やはり**注目の妙なアンバランスさ**を僕は感じているんです。

例えば、**イランにおける民主化運動**で、最初に警察に虐殺されたのは国民の中でも少数派のクルド人女性だったんです。**マイノリティが殺されたことに端を発して、国民的な反抑圧デモが起きるというのは本当にすごい**と思う。ここにもっと着目されていれば、ひょっとしたらイランの民主化はもう少し進展したかもしれなかったんです。**ミャンマーも、もはや独裁政権は自国民に戦争をしかけているに等しい**。その惨状に対する無関心さは、情勢を悪化させても好転させはしないわけです。

希少ではありますが、国際世論が戦争の抑止につながった例もあります。例えば、一九五六年にスエズ運河国有化を主張したエジプトに対して、イギリス、フランス、イスラエルの三カ国が戦争を開始した時は、軍事力と基礎国力が全く違うので、圧倒的にイギリスとフランス、イスラエルが勝利して終わるはずだったわけです。ただ、エジプトによるスエズ運河国有化は明らかに理がある主張だったから、およそ**歴史上類を見ない規模で国際世論がエジプトを後押し**しました。戦闘では圧勝しながらも、イギリスとフランス、イスラエルはエジプトによるスエズ運河の国有化を阻止できなかった。いわば政治的に負けた状態で撤収せざるを得なかった。ベトナム戦争のときのアメリカとも似ています。

世界の戦争に対して国際世論が機能した例と機能しなかった例を見ていくことによって、一人ひとりの市民が持ち得る力の総数が見えてくる。僕は**無力感にさいなまれるところまでは非常によく分かる**ので、**そこから先のことを考えたい**。少しずつでも自分たちの意思を明らかにしていくことが、大きく言えば世界平和につながっていく。歴史上の偉人が降臨するかの如く、誰かヒーローが現れて世界平和を達成するというビジョンはない。世界の平和を希求する市民の思いが具体的な行動として表出して、戦争を食い止めざるを得ないかたちとなって、国際社会に法の支配がもたらされていく。いま考えるのはそういうことかなと思っています。

奈倉　そうですね。われわれがいまこういう仕事をしているのは、たぶん**戦争について考え続けたから**ということもあると思います。目を背けることができずに、考え続けざるを得ないことを考えているうちに、「もっと知りたいことがある、学びたいことがある」と気づいていく。「絶対あきらめないぞ」という気持ちにもつながる。

逢坂　極論、いま、世界平和が達成されていたら、僕はこれほどまでに戦争に関心を持たなかった。

奈倉　私もなにかを翻訳したいと思ったとき、**これを読むことが平和につながるかどうか**ということはどうしても考えてしまう。たとえばプーチンをキャラクター化して楽しむようなものを翻訳したところで、社会は悪い方向にしか動かないとわかる。**そんなことは絶**

対にしたくない。どんな言葉を拾っていったら平和につながるんだろうということを突きつめていくと、翻訳したい作品も見えてくる。『夕暮れに夜明けの歌を』は「これ、開戦前の本なんだ」みたいな反応をいただくこともあって。それにしてはウクライナのことがすごく書いてあるというふうに言われるんです。

逢坂　僕の小説もまったくそう。

奈倉　それは、平和について考え続けていた結果、**ウクライナに問題が集中していたから**なんですよ。考え続けるのが無力じゃないというのは、そういう意味でもあります。どこに問題があるのかがわかるようになっていく。ゲーテの言葉に「書くことは明確に考えることだ」っていうのがあるけど、言語化をして、明確に考えているうちに、「ああ、そうか、これを書かなきゃいけない」とか「こういうふうに書いたら伝わるかもしれない」とかがわかる瞬間があって、ただそれだけで、無力感にさいなまれることはなくなるんです。

逢坂　小説を作っている側としても、「**これを書いてなんになるんだろう**」ということは常に思っている。でも、**この小説が存在する世界と存在しない世界では、確実になにかが異なっているはず**なんですよ。本が売れたかどうかは関係なく。なぜ違うかといったら、読んだ人になにかを訴えかけるのが小説だから。小説はひょっとしたらろくでもないものを量産するツールにだって、プロパガンダの道具にだってなり得るけれども、人間の内面に訴えかけて世界の見方を変えていく。僕も『タラント』を読む前と後では自分が変わったと思うし。他の優れた小説も同じなわけです。

読者をどう変えるかコントロールするのは難しいことだし、**コントロールできてもいけないと思うんだけど**。読み手がいたらその数だけ、受け止め方も違うのが小説の本懐であるから。ただ、多様な解釈がある中で、確実に芯が通ったものを作っていけば、少しでも世の中をよくしていくきっかけになるんじゃないかなと。**無数の読者こそが市民**だから。ほんの一部の人だけでも、僕の小説がなにかを考えるきっかけになってくれたら、それ以上にうれしいことってないですね。

清太と節子は、周りに感謝していれば死ななかったのか

奈倉　以前も「戦争小説はなぜ誤読されるのか」を話したことがあったけど、この話も尽きないですね。

逢坂　小説にかぎらず、**現在の視点から過去の戦争を振り返るという行為すべてが、政治的な文脈から逃れられないんです**。なんでかというと、時代が変わっても常に戦争は起こっているから。自分が生きている現実で起こっている戦争を頭において、過去の戦争の話を読まざるを得ない。戦国時代が舞台の小説でも、どこかでいまの戦争を参照しながら読んでしまう。そして少しでも時代が下れば、作る側が想定していた「戦争」と受け取る側が想定する「戦争」の意味が違う。私の小説の場合は出版後三ヶ月で意味が変わった。**こ**

れほど異様な誤読の可能性をはらんでいる分野はないでしょうね。
アニメ映画の『**火垂るの墓**』とか、まさに最近誤読ないし誤解された例ですよね。あれは戦争で親を亡くした清太と節子という兄妹が困窮して、妹のほうが先に栄養失調で死んでしまうという話でしょう。ツイッターのなかで「節子が死んだのは周りに感謝してなかったからだ」という結論を出しちゃった人がいたんですよ。僕にはよく分からないけど、同意している人もけっこういて。
奈倉　どういうこと？
逢坂　要するに、西宮のおばさんの家を事実上追い出されたから死んだと。もっと周りに感謝して生きていればそうならなかったはずなんだ的なことを言っているわけ。そりゃ**社会に疎外された個人の話を、社会側の論理でみればそうなる**でしょ。この種の浅い見方自体は珍しくはない。興味深いことに、『火垂るの墓』を監督した**高畑勲**さんはそれを意識して作っていたの。これは反戦のための物語じゃなくて、全体主義が世を覆う中で、兄と妹という本当に小さな関係で生きていこうとした人たちの話なんだと高畑さんは言っている。いまの観客が清太と節子に感情移入するのは、全体主義を否定して個人の生き方を追求する時代になったからだと。もし価値観が再度転換して、**世の中が全体主義に陥るならば、西宮のおばさんのほうが正しいように見える**んじゃないだろうかと。まさにいま、そこに陥ってきているという。

奈倉　なるほど。**そのときが来てしまったん**だ。

　実際の戦争の話でも、戦争小説でも、「えっ、そこに感情移入するんだ」と驚いてしまう解釈はありますね。戦争の喚起する強い感情が、人間の判断をどこか勝手なところに持っていくわけです。簡単に言えば政治性を帯びるわけですけれども。

『亜鉛の少年たち』に登場する戦死した兵士の母親が持つ、「うちの子は立派だったに決まってる、そう思いたい」という感情は、多くの戦争にもみられる、強い悲しみによって判断力が鈍る例です。けれども時間が経って、なにかの思い込みにもとづいて作品を解釈しようとしたときに、先ほどの『火垂るの墓』の例のような、ディストピア的な怖さのある誤読が出てきて驚かされる。

逢坂　書いているほう、作っているほうとしては、同時代の人に向けて「ここまでは分かってくれるだろう」という暗黙の了解のもとに戦争小説なり戦争映画なりを作っているんです。ただ、その**時代性特有の暗黙の了解および文脈は、容易に逸失されていく**。これが戦争の誤読にまつわる普遍的な問題だと思います。

『**かわいそうなぞう**』という太平洋戦争中の実話をもとにした童話がありますよね。実際はだいぶ史実を捻じ曲げている節がありますけれども、「戦争はいけないんだ」という前提は維持されているわけです。ただ、あの話って容易に「戦争に勝てばいいんだ」という結論を導き出せるんですよ。自分の被害体験にのみ依拠して、延々と戦争を恨むというところに行きついていて、空襲こそが諸悪の根源という話になっちゃっているから。あげくラストにはまだ来てないはずの爆撃機が飛んできて、動物園の人はその機影に戦争をやめろと言ってしまう。だから、じゃあB－29が全部撃墜できればいいし、空襲されないように制空権を守らなければいいんだ、と言えば、あの作品に対しては矛盾をきたさないことになる。

実際にはあれって、動物を早期に地方の動物園に移送しようと思えばできたけど都長官はそれを拒否していたし、殺すにしても銃殺するなりなんなり方法はあったんだけど、そうしなかった。なぜならあれは意図的に動物をむごたらしく殺し、**「殉難猛獣」というカテゴリーを作って戦時意識を高揚させるという行為を意図的にやっていた**から。餓死させるという手法も含めて。ゾウに注射針が通らなかったというのをいまだに信じている人がいるけど、採血できるのに注射できないわけないんですよ。絶対できるの。射殺するという案が出た時も、近隣住民が不安になるからという意味の分からない言い訳をしてそれを回避しているんだけど、爆撃が来たら逃げて危ないって話が本当なら、銃声なんか気にするの？　あれは、実態としては戦争遂行のためになされた、**意図的な「動物たちの虐殺」**だった。でも、そこを外して語っちゃったのが『かわいそうなぞう』の最大の間違い。でも、そこに誤読の可能性が生まれるんですよ。

『火垂るの墓』も同じ結論にたどりつく可能性はある。この戦争を始めたのは誰だよ、というところにまで還元していく作品じゃないから、「日本がもっと軍事力を持ってしっかりと計画的に戦争を戦って、空襲されないところまで持っていけば、この子たちは死なずに済んだんだ」というふうに言おうと思えば言える。それは欠点ではなく、むしろ高畑勲さんが**本作を反戦作品たり得ない**と考えた理由でもあると思う。しかし可能性は予見していたとはいえ、制作当時は、清太を責める論調に実際に行くと考えてたんだろうか。

奈倉　わりと簡単に誤読される時代がきましたね。**手塚治虫**にしてもそうだけど、さんざんカリカチュアとして「いつかまた戦争に向かう人たちが出てくるんだぜ。バカな指導者が」ということを描いてきたわけじゃないですか。ほんとうにいま、次々と似たようなことが起こって……。

逢坂　文化の無力さを結局痛感せざるを得ないのは……有里先生が『群像』で連載しているエッセイの由来にもなった、**エセーニンの**「**文化の脱走兵**」の話があったじゃん。**なぜ脱走兵が愛国的詩人みたいに思われるようになったのか**という。

奈倉　人を殺すのが嫌だから脱走兵になったというくだりも、脱走兵を賛美する気持ちも、エセーニンは詩のなかで充分雄弁に語っているわけですよ。ただ、彼は詩以外の文章をほとんど残さなかったこともあって、勝手な切りとりかたと解釈で愛国的詩人に仕立てあげられてしまうと、ちゃんと作品を読んでいない人は信じてしまう。

逢坂　後世の読まれ方については、僕も途方もない懸念を持ちながら書かざるを得ない。

誤読を防ぐためにこそ、自分はあちこちでしゃべっているのかもしれない。『火垂るの墓』については非常に示唆に富んでいることがあります。高畑さんがあらかじめ時代の変化による受容の変化を予見し、読み筋の変容について注意を促すことを言っていたことが、いま『火垂るの墓』をどう受容するかということに対して大きな影響を与えていることですね。作り手が作品についての発言を残しておくのは、非常に重要なことなんです。いまのところ、どんな意見を提示しても、警察に捕まることはないわけだし。

用意された回答で満足なんかしていられない

奈倉　編集部からの質問です。「作家が政治についてなにか意見を言うと、『あの人ってちょっとめんどくさいよね』と引かれるという話もよく聞きます。日本人には政治的な主張を忌避する傾向があるのでしょうか」ということですが、どうでしょう。

逢坂　聞きますね。なんなんだろう、あれは。

奈倉　日本人だから忌避するというより、**それは社会の状態によるの**だと思います。作家は社会的発言をしてなんぼという歴史がずっと続いてきたロシアでさえ、二〇一〇年代に入ったくらいの頃に、「作家が政治のことを言うのはよくないよね」みたいなことを言う人たちが出てきたんです。文学大学の友達は言いませんが、一般の人が**ボリス・アクーニンの反プーチン的な発言**について「**小説家は政治の話をしないでほしい**」と言っていて、日本もロシアも同じだなと思いました。「作家は体制にとって都合のよい場所に収まっていてほしいし、発言力があるからといってその外に出て政治的なことは言わないでほしい」みたいな。そういう**支配層の思惑が、一般の層にまで浸透してしまうのは、社会が悪くなってきたことの表れ**です。

逢坂　そうそう。

奈倉　日本だってずっと政治的な発言が忌避されていたわけじゃないですよ。ぜんぜん。

逢坂　少なくとも小説家に関してはそんなんじゃなかったと思う。**大江健三郎**とかどうなんだよ、という。

奈倉　「大江健三郎の作品は評価するけど、社会的発言はちょっと」って言うのがかっこいいと思い込んでる人は、昔もいたと思う。ただ、ちゃんと読めばわかるけど、大江健三郎の主張と作品ってものすごく密接に結びついているんだよね。社会の閉塞感が増していくと、その結びつきが見えない人が増える。

逢坂　作家に限らず表現に関わる人について、その人の社会的発言と作品の内容を切り離して評価するってのも、残酷というか無理な話でしょう。

奈倉　作家の政治的な発言を叩く人って、**結局作品も読めていないいん**ですよ。大江健三郎にしても、その発言がなくとも、作品を通して社会に参加しているし、訴えかけている。作家の意識が作品のなかでどう表れ、どう影響を与えられるかということも小説の課題のひとつなのに、その影響を最小限の枠組みに追いやって、**作家とはこうあるべきという思い込み**に、作家をあてはめようとしてしまうことが問題なんです。

逢坂　バッシングに委縮して、作家がなにも政治的なことを言わなくなっちゃったら本当にまずいので。**僕は小説も書くし、デモだって行く**。ただ、政治的な発言をする場所として、**Twitter は選ばない。Twitter は言論空間として成立していない**から。短文でなんでも急速にシェアされて、どんな人でも横からリプライ飛ばせるし。

奈倉　それこそ誤読や誤解をされる可能性が非常に高いですよね。

逢坂　作家だけではなく、アスリートの政治的発言も叩かれるよね。**大坂なおみ**さんが**ブラック・ライブズ・マター**に共感する立場から意見を表明していたら、「スポーツ選手が政治のことをしゃべるんじゃない」みたいなことを Twitter で言われてた。大坂さんは「じゃあ、IKEAの店員はずっと家具の話だけしていればいいのか」と返していたけど。

奈倉　やっぱり、社会に風を吹かせなきゃいけない。「政治的な発言をしたら叩かれるんじゃないか」みたいな萎縮が、閉塞感につながるわけですよね。そういう時代こそ、**多種多様な作家が言いたいことを言えばいい**んですよ。

逢坂　そうだね。新しい世代の作家がさまざまな意見を発信することによって、文化は変わっていけると僕も思う。いま発信している作家も、意図的にやっているわけですよ。「そういうことを言うな」という流れに負けちゃ駄目だという姿勢を示すために。

奈倉　いまの日本にはいろんなところにいろんなことを言う人がいるので、まだ少し希望がある。もっと状況が悪くなると、袋のネズミみたいに一ヶ所に追いつめられて、一気につぶされるみたいなことが起こりえるので。

逢坂　確かに。会社としての方向性は関係なく、どこの新聞社でも文芸部の人とは話が通じるな、とかね。

奈倉　**本を読むことが、風を吹かせることにつながる**のかもしれない。いつのまにか社会のなかにできあがっていた暗黙の了解が心にのしかかってきて、頭がうまくまわらないようなとき、いまはあんまり言っちゃいけないと思われていることとか、深く考えないとわからないことに、**本の力を借りるとたどり着ける**ことがある。本を読むことによって、思考の可能性が開けていく。**あらかじめ用意された回答で満足なんかしていられない**ぞ、という思考回路ができてくる。それが読書の大きな楽しみのひとつなんです。

おわりに

奈倉有里

Yuri Nagura

私の書いた随筆『夕暮れに夜明けの歌を』には、父や母は少しだけ出てくるけれど、弟が登場しない。これまで書いたほかのエッセイにも、弟はほとんど登場しない。

書きたくないから書かないわけではない。ただ、ひとことでいうなら――弟についての記憶に、なんとなく自信がないのである。引っ越しの多い家だったので、親以外で幼少期から大人になるまでずっと一緒だった唯一の人間が弟ということになり、同じ公園や山や海で遊びながら大きくなり、同じものを見たり聞いたりしてきたはずだ、と思う。

ところが人の記憶というものは、事実をそのまま記憶するわけではない。とりわけちいさなころの記憶は――レフ・トルストイが、自分が二歳にならないうちに亡くなり覚えていないはずの母親を理想化したように、ずいぶんと思い込みに左右されるものだ。

とはいえ、ちいさなころの弟のことなら、それなりに覚えている、と思う。生まれるのを楽しみにしていたような記憶もある。当時の写真をみると、なんと生後一ヶ月の弟に図書館で借りてきた紙芝居『あかんぼばあさん』を見せ（たぶん「あかんぼ」に興味があったから選んだのだろうけど、最後が子守唄で終わる話なのでちょうどいいかもしれない）、その二週間後には大好きだったかこさとしの『からすのパンやさん』を読み聞かせ（この本はそのあともさんざん読んだのでよく覚えている）、さらに生後半年に近くなると「そろそろ難しい本も読める？」といわんばかりに『花さき山』を読み聞かせている。新生児に文学教育をしようとする、めちゃくちゃな三歳の姉である。写真のなかの弟はまるでそんなおせっかいな姉を気遣うかのように、じっと話を聞いてくれているようにみえる。その写真を撮った、笑ってカメラを構えていたであろう父の姿——これはまあ容易に想像できる。お金なんてぜんぜんなくて、研究で生きていくために調査をして論文を書きながら非常勤の先生をたくさんかけもちしていたのに、当時の父や母が忙しそうにしていた記憶はない。自分たちの成長を喜んでいる親の姿というものは、記憶といえるほどはっきりとした形ではなくとも、うまく思いだせないあたたかさのような感じで残るのかもしれない。

弟がちいさかったころのことについて父に聞いてみると、私は模造紙かなにか大きな紙に、大小さまざまな丸を描いては「これは、おっきいまる！」「これは、ちっちゃーなまる！」といいながら見せ、弟はそのたびにきゃっきゃっと嬉しそうに笑っていたというエピソードを教えてくれた。いまひとつ覚えていないような、そう言われるとそんなこともあったような、不思議な感じがする。ただ、いまにしてみても「丸を描いただけで笑ってくれるなんていい赤ちゃんだなあ」と思うので、きっと当時の私も嬉しかったんだろう。

弟のほうは赤ちゃんだったのだから、当然ながら記憶には残っていないはずだけど。

もう少し大きくなってからの記憶も、あるにはある。ただ、自分の興味の対象が移っていくと同時に私は弟のことをあまり考えなくなった。おそらくうちの両親が「家族」とか「思い出」とかを特別視しない人たちだったためかもしれない。子供の興味が家族から離れて外に向かっていくことに対しても寛大な親だったのだろう、といまの私は思う。

でも、弟がその当時のことをどう思っているのかはわからない。だからそのあたりから私と弟はまったく別のものを見て、別のことを考えていたのではないか、と思うのだ。互いについての理解も、家族についての解釈も含めて。

家族というのは同じ場所で暮らしていても、よほど深く話さない限り、その人の精神世界でなにが起こっているのかはなかなかわからない。私の知る弟という存在が、どんな食べものが好きだったとか、どんな本や映画が好きだったかとかはわかるけれど、それ以上のことは把握していないのだと思う。

それはいま、弟の書くものを読んでいてあらためて思う。こんなふうに世界を見ていたんだ、という意外性があったり、そうかと思えば忘れかけていた子供のころの思い出にふとつながったりする。ふつうの読書とはひとあじ違った楽しさがあるので、個人的には、ずっと読んだり書いたりしていていてほしい。三つ子の魂百まで……じゃないけど、弟が本を読んでいるのを知ると、なんだかいまだに嬉しいのである。まあ、私が楽しみにしなくても続けてくれるとは思うけれど。

今回「姉弟の対談を本にしないか」という話がきたとき、それがどんな本になるのか、まったく想像ができなかった。翻訳の場合は原書という確固たるものがあるし、著書の場合は自分の書きたい内容があるけれど、想像のできない本を作るというのは初めての体験だ。

何ヶ月かにわたる対談が終わったとき、「こんなに何時間も話す機会なんてなかなかないので、ありがたかったです」と弟が言った。それはほんとうにそうだな、と私も思った。ちいさなころのこと、いまの社会のこと、戦争のこと、文学のことについて、こんなに話したことはなかった。話してみると、持っている情報の種類はまったく違うのに、どこかで同じ問題意識を抱えていることも多くて、驚いている。

またいつかこんな機会があったら、今度はもう少し平和な話ができる世のなかになっていたらいいな、と思う。

おっと違った、私たちはそれぞれに、その社会に向かって歩いているんだった。

閉塞感に苦しむ人の心が少しでも和らぐような、世界の人たちが少しでも協力して平和な社会を築いていこうと思えるような、風を吹かせていこう。

最後になりましたが、長きにわたる対談をにこやかに聞き続けてくださり、見事にまとめてくださいました、編集者の桒名ひとみさん、ライターの石井千湖さんに、心より感謝を申しあげます。

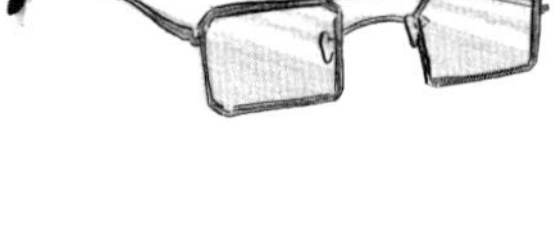

構成・石井千湖

奈倉有里（なぐら・ゆり）

1982年、東京生まれ。ロシア国立ゴーリキー文学大学卒、東京大学大学院博士課程満期退学。博士（文学）。著書『夕暮れに夜明けの歌を』で紫式部文学賞、『アレクサンドル・ブローク 詩学と生涯』でサントリー学芸賞（芸術・文学部門）を受賞。

逢坂冬馬（あいさか・とうま）

1985年、埼玉生まれ。明治学院大学国際学部国際学科卒。『同志少女よ、敵を撃て』でアガサ・クリスティー賞を受賞し、デビュー。同書は2022年本屋大賞を受賞、第166回直木賞の候補に。

文学《ぶんがく》キョーダイ!!

二〇二三年九月三十日　第一刷発行

著　者　奈倉《なぐら》有里《ゆり》　逢坂《あいさか》冬馬《とうま》

発行者　大松芳男

発行所　株式会社　文藝春秋

〒一〇二―八〇〇八
東京都千代田区紀尾井町三―二三
電話　〇三―三二六五―一二一一

印刷所　精興社

製本所　加藤製本

組　版　言語社

ISBN978-4-16-391753-5